第3章　实例：坐垫

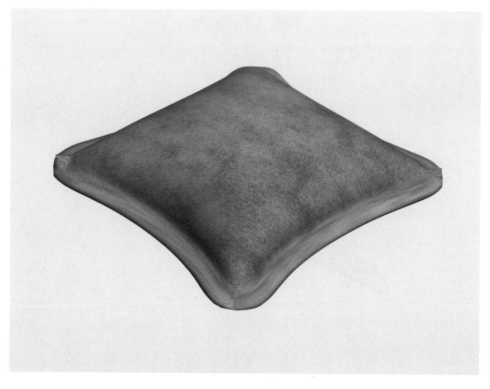

第3章　习题9：抱枕

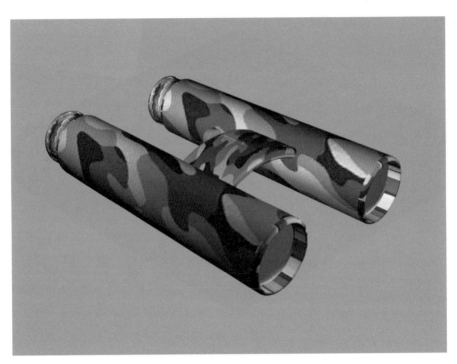

第4章 实例：望远镜

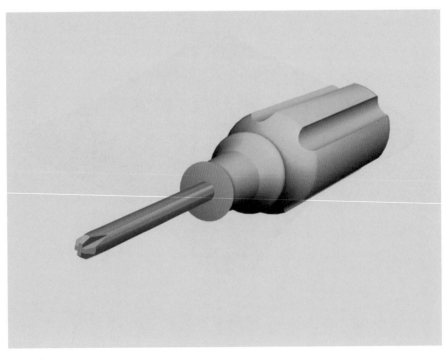

第4章 习题7：螺丝刀

第6章 实例：饮料杯

第7章 实例：雨伞

第7章 习题7：扇子

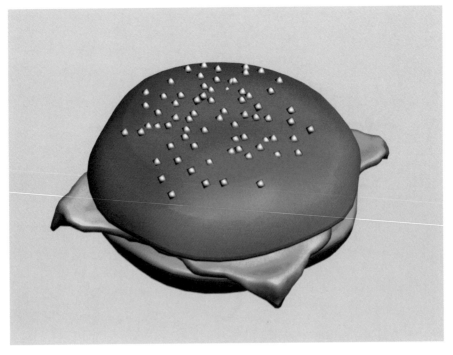

第7章 习题8：汉堡包

第8章 实例：电池

第9章 实例：花

第11章　实例：啤酒瓶盖

第12章　实例：足球

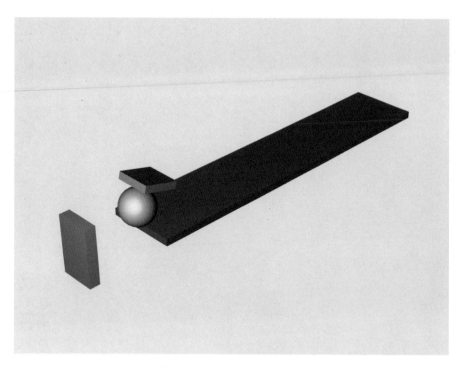

第13章　实例截图：碰撞动画

第14章　实例截图：窗帘动画

第15章 实例截图：闪光的台灯

第16章 实例截图：海上日出

數字媒体专业规划教材

3D Animation Tutorial
by Examples for Beginners

三维动画基础
实例教程

张秉森 孔倩 张晨策 编著

机械工业出版社
China Machine Press

本教材精选国内外优秀的三维动画实例，讲解三维动画基础知识。书中的概念清楚，图文并茂，操作步骤详细准确，实例设计的思路清晰，设计流程规范。通过实例设计的学习，读者可以很快地进入到三维动画设计领域。对于有一定三维动画设计基础的读者，本教材的实例也很有启发。

　　本教材结构严谨，内容丰富，通俗易懂，并配有大量的习题，可供普通高等和中等院校的相关专业作为三维动画基础课程的教材使用，也可供相关领域的工程技术人员参考。

图书在版编目（CIP）数据

三维动画基础实例教程 / 张秉森，孔倩，张晨策编著. —北京：机械工业出版社，2010.4
（数字媒体专业规划教材）

ISBN 978-7-111-30035-9

Ⅰ. 三…　Ⅱ. ① 张…　② 孔…　③ 张…　Ⅲ. 三维－动画－设计－高等学校－教材　Ⅳ. TP391.41

中国版本图书馆CIP数据核字（2010）第039924号

机械工业出版社（北京市西城区百万庄大街22号　邮政编码　100037）
责任编辑：陈佳媛
北京市荣盛彩色印刷有限公司印刷
2010年4月第1版第1次印刷
186mm×240mm · 17印张（含0.5彩印张）
标准书号：ISBN 978-7-111-30035-9
　　　　　　ISBN 978-7-89451-457-8（光盘）
定价：36.00元（附光盘）

凡购本书，如有缺页、倒页、脱页，由本社发行部调换
客服热线：（010）88378991；88361066
购书热线：（010）68326294；88379649；68995259
投稿热线：（010）88379604
读者信箱：hzjsj@hzbook.com

前　　言

三维动画基础课程是动漫、数字媒体技术、数字媒体艺术、艺术设计、工业设计、机械设计以及建筑设计等专业的一门重要的专业基础课。目前，大多数高等院校中的相关专业均开设了该门课程。3DS MAX是业界公认的三维动画优秀软件，该软件的功能之强大使用户几乎可以无所不能，但其学习的难度也往往使一般的用户望而却步。作者根据多年的教学经验，认为学习3DS MAX的最好方法是通过大量的实例来学习，而不是逐一地学习软件的工具或命令。由于3DS MAX的工具、编辑器、灯光、材质、照相机等各种参数实在是太多，要想逐一学会并熟练掌握几乎是不可能的。因此，用实例来学习就成为了一种最有效的学习方法。

本教材的第1章简要介绍传统动画与计算机动画的基本概念，以及传统动画与计算机动画的联系与区别，其目的是让读者对动画的基本概念有所了解；第2章对3DS MAX的界面作了简单介绍，以期使读者熟悉3DS MAX的工作界面，为学习实例打下基础；其后的各章分别就精选的实例进行详细的步骤讲解。本教材精选国内外优秀的三维建模及三维动画设计实例，并以国外的实例为主，详细给出了设计过程的每一个步骤，使初学者能够根据书中的步骤一步一步地完成每一个实例。通过实例设计的学习，读者可以很快地进入到三维动画设计领域。对于有一定的三维动画设计基础的读者，本教材的实例也给出了一些非常有用的启示与帮助，为向三维动画设计的高层发展奠定基础。

本教材共有16章，第1章：动画的基本概念；第2章：3DS MAX基础知识；第3章：坐垫；第4章：望远镜；第5章：饼干桶；第6章：饮料杯；第7章：雨伞；第8章：电池；第9章：花；第10章：跷跷板；第11章：啤酒瓶盖；第12章：足球；第13章：碰撞动画；第14章：窗帘动画；第15章：闪光的台灯；第16章：海上日出。其中，第1章、第2章、第8章、第10章、第11章、第12章和第13章由张秉森编写；第5章、第6章、第7章、第9章、第14章、第15章和第16章由孔倩编写；第3章和第4章由张晨策编写；全书由张秉森统稿。

本教材的每一章均附有一定数量的习题，以供学生课后练习，巩固所学的知识。本书附有光盘，包括书中实例图片和动画。本书还为采用为教材的教师免费提供教辅，需要的教师可登录华章网站下载，网址是：www.hzbook.com。

本教材可供普通高等和中等院校的相关专业作为三维动画的教材使用，也可供相关领域的工程技术人员参考。

在本教材的写作过程中，作者参考了一些国内外的资料以及青岛大学信息工程学院2007级、2008级、2009级硕士研究生、软件技术学院2008级数字媒体本科生1班和2班部分学生的作品，在此一并表示谢意。另外，作者还要特别感谢机械工业出版社的编辑，她们对本教材的编写提出了许多宝贵的意见，为本教材的出版付出了辛勤的劳动。

由于作者的水平有限，加之编写的时间比较仓促，肯定会有一些不妥或错误之处，恳请同行专家和广大读者给予指正。

编著者
2010年1月

目　录

前言

第1章　动画的基本概念 ……………………1

1.1　引言 …………………………………1

1.2　传统动画的基本概念 …………………2

1.3　传统动画的生产过程 …………………2

1.4　传统动画与计算机动画的技术关联

　　　与比较 …………………………………4

1.5　计算机动画的分类 ……………………5

1.6　计算机动画的应用领域 ………………6

1.7　计算机动画相对于传统动画的优点 …8

1.8　小结 ……………………………………9

习题1 …………………………………………9

第2章　3DS MAX基础知识 ………………10

2.1　引言 …………………………………10

2.2　3DS MAX工作界面简介 ……………11

2.3　菜单 …………………………………12

2.4　主工具条 ……………………………12

2.5　视图区 ………………………………14

2.6　命令面板 ……………………………15

2.7　时间滑块 ……………………………15

2.8　时间线 ………………………………15

2.9　选择锁开关 …………………………15

2.10　状态行和操作提示行 ………………15

2.11　坐标数值显示与输入框 ……………15

2.12　关键帧动画工具 ……………………16

2.13　动画控制区 …………………………16

2.14　视图导航区 …………………………16

2.15　小结 …………………………………17

习题2 ………………………………………17

第3章　坐垫 …………………………………18

3.1　坐垫基本模型的建立 ………………18

3.2　设计坐垫的纽扣 ……………………20

3.3　给坐垫添加面料材质 ………………22

3.4　小结 …………………………………23

习题3 ………………………………………24

第4章　望远镜 ………………………………25

4.1　创建镜筒 ……………………………25

4.2　制作目镜 ……………………………29

4.3　制作连接两镜筒的倒角立方体 ……32

4.4　添加材质 ……………………………34

4.5　小结 …………………………………38

习题4 ………………………………………39

第5章　饼干桶 ………………………………40

5.1　创建饼干桶主体 ……………………40

5.2　把手的创建 …………………………45

5.3　创建文本贴图 ………………………48

5.4　添加材质及方位调整 ………………51

5.5　小结 …………………………………53

习题5 ………………………………………53

第6章　饮料杯 ………………………………54

6.1　创建杯体 ……………………………54

6.2　创建杯盖 ……………………………57

6.3　创建吸管 ……………………………61

6.4　创建吸管的管帽 ……………………62

6.5　创建管帽拉线 ………………………64

6.6　添加天空光 …………………………67

6.7　小结 …………………………………69

习题6 ………………………………………69

第7章　雨伞 …………………………………70

7.1　星形建立雨伞基本模型 ……………70

7.2　伞面材质的制作与添加 ……………76

7.3　雨伞骨架的制作 ……………………80

7.4　伞支架的制作 ………………………83

7.5 伞杆的制作 ···············84

7.6 小结 ·················89

习题7 ·················89

第8章 电池 ·················91

8.1 倒角圆柱体创建电池基本模型 ····91

8.2 给电池添加材质 ···········95

8.3 给电池添加文字 ···········99

8.4 给场景添加天空光 ·········108

8.5 小结 ·················108

习题8 ·················109

第9章 花 ·················110

9.1 用平面体建立一片花瓣的基本模型 ··110

9.2 用阵列复制花瓣形成整朵花 ····116

9.3 制作花蕊 ·············121

9.4 制作花柄 ·············125

9.5 制作花茎 ·············126

9.6 添加材质及花朵复制 ·······127

9.7 小结 ·················129

习题9 ·················129

第10章 跷跷板 ···············130

10.1 创建跷跷板的支架 ········130

10.2 创建横梁及两个端头 ······132

10.3 创建主杆 ·············133

10.4 创建其他部件 ··········134

10.5 为跷跷板添加材质 ········138

10.6 小结 ················140

习题10 ················140

第11章 啤酒瓶盖 ·············142

11.1 用倒角圆柱体建立瓶盖基本模型 ··142

11.2 用Editable Poly编辑啤酒瓶盖
基本模型 ············143

11.3 用切平面和切开工具处理啤酒
瓶盖模型 ············148

11.4 添加斜凸出编辑器修改模型 ····151

11.5 用均匀变形工具编辑啤酒瓶盖模型 ··153

11.6 缩放复制制作瓶盖底部内凸边沿 ··155

11.7 添加网格光滑编辑器编辑模型 ···157

11.8 小结 ················158

习题11 ················159

第12章 足球 ···············160

12.1 创建两个多边形 ·········160

12.2 对位两个多边形 ·········162

12.3 旋转六边形以便构成球体 ····164

12.4 复制四个六边形 ·········166

12.5 复制并旋转五个五边形 ·····168

12.6 复制并旋转五个六边形 ·····172

12.7 复制并对位所制作的半球构成球体 ··174

12.8 添加编辑器 ···········176

12.9 添加材质 ············179

12.10 小结 ···············181

习题12 ················181

第13章 碰撞动画 ·············182

13.1 创建滑板 ············182

13.2 创建碰撞的立方体立板和横板 ···183

13.3 创建碰撞的小球 ········184

13.4 创建重力场 ···········184

13.5 创建灯光 ············185

13.6 设置小球运动的初速度 ·····186

13.7 添加及设置动力学系统 ·····187

13.8 数学计算及动画渲染输出 ····191

13.9 小结 ················193

习题13 ················193

第14章 窗帘动画 ·············195

14.1 用立方体建立墙面和窗户 ····195

14.2 用圆柱体建立窗帘杆 ·······198

14.3 创建平面作为窗帘 ········199

14.4 给窗帘添加材质 ·········200

14.5 用立方体建立侧墙和地面 ····202

14.6 给墙面和地面添加材质 ·····204

14.7 给场景添加灯光 ·········206

14.8 应用反应器制作窗帘随风飘动的动画 ···206

14.9 小结 ················213

习题14 ················213

第15章 闪光的台灯 ·················215

15.1 创建台灯底座·················215

15.2 创建台灯灯杆·················217

15.3 创建台灯灯罩·················218

15.4 创建台灯灯泡·················222

15.5 创建一块放置台灯的平板 ·····223

15.6 创建灯泡的材质·················224

15.7 用材质混合数量制作灯泡明亮变化
的动画效果·················226

15.8 给台灯环境添加默认灯光 ·····228

15.9 给灯泡添加聚光灯 ·············228

15.10 给台灯加上体积灯光 ··········231

15.11 渲染台灯发光动画 ···········231

15.12 小结 ·····················233

习题15 ·····························233

第16章 海上日出 ·················235

16.1 用平板建立大海背景·········235

16.2 用平板建立天空背景·········241

16.3 添加照相机和泛光灯·········243

16.4 模拟太阳光·················246

16.5 用球体建立太阳·············251

16.6 导出视频·····················253

16.7 小结 ·························255

习题16 ·····························255

第 1 章 动画的基本概念

本章学习内容

- 传统动画的基本概念
- 传统动画的生产过程
- 传统动画与计算机动画的技术关联与比较
- 计算机动画的分类
- 计算机动画的应用领域
- 计算机动画相对于传统动画的优点

1.1 引言

计算机动画是技术与艺术相结合的产物，是在传统动画的基础上借助于计算机技术实现的动画。计算机动画以计算机图形学为基础，涉及艺术学、数学、物理学、生物学、图像处理技术等学科，其主要内容包括在计算机内表示形体、处理和显示图形等。在计算机动画中，所有的人、物和场景等均是在计算机中建立的模型，而不需要制作真实的模型，从而大大地减少了动画的制作成本和制作时间。因此，计算机动画技术现在已成为制作动画的主要工具。

计算机动画又分为二维（平面）动画和三维（立体）动画。计算机二维动画主要是基于传统动画的基础上发展起来的，它只不过是用计算机技术替代了传统动画中的一些繁重的人工劳动，使人从烦琐的工作中解脱了出来。当然，由于计算机技术的先进性，它也可以创造出人工无法实现的视觉效果。计算机三维动画是利用了计算机的强大功能，实现三维建模及场景，它是传统动画所无法实现的。计算机三维动画可以创建与现实真实环境与场景相媲美的真实效果。

计算机可以把动画制作技术上升到传统动画所无法达到的程度。对于三维物体及其真实运动的再现，即使是最高明的动画师也难以用传统的手法实现。随着现代计算机造型技术和显示技术的发展，利用计算机生成的三维真实感模型及其运动已能达到以假乱真的程度。

计算机动画的研究与发展大大地推动了计算机图形学乃至计算机学科的发展。早在1963—1967年，Bell实验室的Ken.Knowlton等人就着手用计算机制作动画。一些美国公司、研究机构和大学也相继开发了动画系统，这些早期的动画系统属于二维辅助动画系统，利用计算机实现中间画面的制作和上色。

20世纪70年代开始研制三维辅助动画系统。与此同时，一些公司开展了动画经营活动。从70年代到80年代初开始研制的三维动画系统，采用的运动控制方式一般是关键参数插值法和运动学算法。80年代后期发展到动力学算法以及反向运动学和反向动力学算法。还有一些更复杂的运动控制算法，从而使动画技术日渐趋于精确和成熟。目前正在把机器人学和人工智能中的一些最新成就引入计算机动画，以提高运动控制的自动化水平。

当前计算机动画的研究和交流集中在美国、日本和加拿大。在ACM SIGGRAPH会议上每年都播映不少计算机动画片。随着计算机技术的迅猛发展，计算机动画系统也日益复杂和完善。一个三维计算机动画系统应包括实体造型、真实感图形图像渲染、运动控制、存储和重放、图形图像管理和编辑等功能模块。

就目前计算机动画的现状来看，计算机动画还仅仅是辅助动画，是一个训练有素地的画师利用计算机作为辅助工具，使一系列二维或三维物体组成的图像帧连续动态地变化起来。完全由计算机产生的动画只存在于命令文件或算法控制的动画中。尽管计算机产生动画的技术越来越先进，但动画师还不能被程序所替代，就像作家不能被文字处理器替代一样。

1.2 传统动画的基本概念

动画是基于人的视觉原理创建的运动图像。在一定的时间内连续快速地观看一系列相关联的静止画面时，会有连续动作的感觉，这就是动画的基本原理。而这些相关联的静止画面的每个单幅画面称为帧。

传统动画是相对于电脑动画出现之前手工制作的动画片的统称。传统动画的定义有两层含义：

1) 动画是通过在连续多格的胶片上拍摄的一系列单个画面，然后将胶片以一定的速率放映出来，从而产生运动视觉的效果。

2) 动画是动态生成一系列相关画面的过程，其中的每一帧与前一帧都略有不同。

传统动画和电脑动画都是基于帧画面来实现的。但由于制作手段、实现手段的差异及载体的不同，动画的记录介质已经从胶片发展到磁盘、光盘等。放映的方法也不单使用灯光投影到荧幕上，还可以使用电视屏幕、计算机显示器和投影仪等进行显示。

传统动画一般是指二维卡通（Cartoon，即漫画的意思）动画，每一帧都是用手工绘制的图片，然后把这些既相关联又不相同的图片连续播放就形成了传统的动画。传统动画采用夸张和拟人的手法使卡通形象动了起来，给人以深刻的印象。因此，有时也将动画片称为卡通片。动画片的生产过程非常复杂，往往需要投入大量的人力和物力，下一节将介绍一些传统动画生产过程中的基本概念。

1.3 传统动画的生产过程

制作传统动画需要许多人员，主要包括导演、编剧、动画师、动画制作人员、摄制人员等，这是一个协作性很强的集体工作，创作人员和制作人员的密切配合是成功的关键。在介绍计算机动画制作之前，了解一下传统动画的生产过程，会有助于更好地理解计算机动画的制作方法和流程。

下面简单介绍一下传统动画的生产过程。

1. 文学剧本的创作

文学剧本的创作是动画片的第一步，也是动画片成功与否的关键因素之一。只有有了好的剧本，才能生产出吸引人的动画片。动画片的文学剧本如同故事影片剧本一样，主要包括人物对白、动作和场景的描述。人物对白要准确地表现角色个性，动作的趋势和力度要生动、形象，人物出场顺序、位置环境、服装、道具、建筑等都要写清楚，只有这样才能够使脚本画家进行更生动的动画创作。通常，动画片叙述的故事一定要具有卡通特色，比如幽默、夸张等。如果再有一些感人情节，那么这个故事就会更受观众的欢迎。

2. 角色造型设计

角色造型设计是由设计者根据剧本和故事情节，对人物和其他角色进行规划性的设计，并绘制出每个角色不同角度的形态，以供其他工序的制作人员参考。而且，还要画出他们之间的高矮比例、各种角度的样子、脸部的表情、他们使用的道具等。主角、配角等演员要有很明显的差异，如服装、、颜色、五官等。服装和人物个性要配合，造型与美术风格要配合，还应考虑动画和其他工序的制作人员是否会有困难，不可太复杂与琐碎等。

3. 故事板

在文学剧本完成后要绘制故事板（storyboard），故事板就是反映动画片大致概貌的分镜头剧本。它并不是真正的动画图稿，而是类似连环画的画面，将剧本描述的内容以一组画面表达出来，详细地画出每一个镜头中将要出现的人物、地点、摄影角度、对白内容、画面的时间、所做的动作等。因为故事板将拆开来交由其他画家分工绘制，所以这个脚本一定要画得非常详细，要让每位画家明白整个故事进行与发展的每一个细节。

4. 原画

原画是动画系列中的关键画面，也叫关键帧。这些画面通常是某个角色的关键帧形象和运动的极限位置，由经验丰富的动画设计者完成。原画要将卡通人物的七情六欲和性格表现出来，但不需要把每一张图都画出来，只需画出关键帧就可以了。原画绘制完成后交由动画师制作一连串的动作画，即动画。

5. 场景设计

场景设计需要根据故事情节的需要和风格来画。在场景的设计过程中，要标出人物组合的位置，白天或夜晚、家具、饰物、地板、墙壁、天花板等结构都要清楚，使用多大的画面、镜头推拉等也要标示出来，让人物可以自由地在场景中运动。

6. 中间画（动画）

中间画是位于两个关键帧之间的画面。相对于原画而言，中间画也叫做动画，它由辅助的动画设计者及其助手完成。这些画面要根据角色的视线、动作的方向、夸张的程度、运动的速度等因素，结合人物的透视、人体运动学与动力学、人体结构、推拉镜头的速度与距离等，使间断的动画连接起来形成自然流畅的动作。这是给静止平面人物赋予运动与个性的关键环节。

7. 测试

原画（关键帧）和动画（中间画）的初稿通常是铅笔稿图，为了初步测定造型和动作，可以将这些图输入到动画测试台进行测试，这一过程叫做铅笔稿试。由动画检查者去做审核，检查画面是否变型，动作是否流畅，是否正确地传达原画的原意，然后再请导演做最后的审核。

8. 描线

把铅笔稿图手工描绘在透明片上，或用照相制版的方法印在透明片上，然后描线上墨。它同绘制中间画一样，也是最基础的工作。

9. 上色

给各幅画面在透明片上涂上各种颜色的颜料。这个工作需要仔细和耐心，完成的上色要准确，而且透明片要有良好的透明度。

10. 检查

动画设计者要在拍摄之前再次检查各个镜头的动作质量。这是保证动画片质量好坏的重要环节，需要有很强的动作观念、空间想象能力和良好的绘画基础。

11. 拍摄

这一工序在动画摄制台上完成。在拍摄之前要有一个摄制表，这是由导演编制的拍摄进度、层次和时间的规划表。动画摄影师把动画系列通过拍摄依次记录在胶片上。

12. 后期制作

编辑、剪接、对白、配音、效果音、背景音乐、字幕等后期制作工序都是必不可少的。

1.4 传统动画与计算机动画的技术关联与比较

传统动画的原理和一些常用手法，在计算机动画中，尤其是三维动画中可以找到相应的简易实现方法，并可以进一步发展为更加准确的动画技术。具体来说有以下几个方面。

1. 拉伸和压缩

柔性体在拉伸和压缩的过程中保持总体积不变。当物体快速运动时，两帧画面差距拉大，容易引起跳跃感，这时可将物体轮廓模糊，或拉伸物体使物体运动显得平滑。在三维计算机动画中只需将物体运动方向进行比例变换即可实现拉伸或压缩。

2. 时间间隔控制

两个画面帧的时间间隔决定了物体的运动速度，反映了物体的运动特性，甚至角色的感情色彩。正确的时间间隔控制是合理地分配预备动作、动作本身以及动作反馈的时间比例。计算机程序可以精确控制这三者之间的恰当时间分配。

3. 动作设计

动作设计包括预备动作、主题动作、后续动作和衔接动作。预备动作是主题动作的准备动作，后续动作是主题动作的收尾动作，衔接动作则是两个主题动作的连接动作。这些动作作为一个整体用来更充分和更完整地表现主题动作。

4. 场景设计

为配合主题制造一定的环境和氛围，需要精心设计场面布局和背景，它和时间间隔控制及动作设计密切配合，以便更好地表现主题。

5. 直接向前方法和关键帧方法

直接向前方法是发挥动画师的想象力边想边设计动画的一种方法；关键帧方法则是先设计

好关键帧、时间间隔，再完成中间画帧，组成整体动画。这些中间画帧可以利用计算机插值方法生成。

6. 慢进慢出

在早期的动画片中，为了更好地表现主题动作，通常在运动的末尾采用慢进慢出的手法。在大多数三维关键帧动画系统中，中间画往往采用样条曲线插值，这是对应于数学上的二阶或三阶参数连续函数，通过局部调整样条曲线的位置、方向、伸展度、连续性来实现的慢进慢出，有时还需要对样条曲线进行图形编辑来实现。

7. 运动弧

运动弧用来指定运动角色从起点到终点的运动路径，在三维关键帧动画系统中，运动弧由控制中间帧时间间隔的一条样条曲线拟合而成。为了取得更好的动画效果，还应使用控制速率的另一条样条曲线。

此外，还有夸张、渲染等技巧，以达到生动、有趣、吸引人的目的。总之，无论是手工动画还是计算机动画，都是为了准确、清晰、有效地表达动画设计者的思想观点，采用的动画技巧只是一种工具和手段，显然计算机动画系统只是一种有力的工具。

1.5 计算机动画的分类

通常，根据运动的控制方式将计算机动画分为关键帧动画和算法动画。

1. 关键帧动画

关键帧动画通过一组关键帧或关键参数值而得到中间的动画帧序列，可以用插值关键图像帧本身而获得中间动画帧，或者用插值物体模型的关键参数值来获得中间动画帧，分别称为形状插值和关键位插值。

早期制作动画采用二维插值的关键帧方法，但两幅形状变化很大的二维关键帧不宜采用参数插值法，解决的方法是对两幅拓扑结构相差很大的画面进行预处理，将它们变换为相同的拓扑结构再进行参数插值。对于线图形则是变换成相同数目线的方法，每段具有相同的变换点，再对这些点进行线性插值或移动点控制插值。

关键参数插值常采用样条曲线进行拟合，分别实现运动位置和运动速率的样条控制。对运动位置的控制常采用三次样条曲线计算，用累计弦长作为逼近控制点的参数，再求得中间帧的位置。也可以采用贝济埃（Bézier）曲线或其他曲线如B样条曲线等方法。

对运动速度控制常采用速率对时间曲线函数，也有用曲率对时间函数方法的。两条曲线的有机结合用来控制物体的动画运动。

2. 算法动画

算法动画是采用计算机算法来实现对物体的运动控制或对模拟摄像机的运动控制，一般适用于三维动画。有以下五种运动算法：

1) 运动学算法：由运动学方程确定物体的运动轨迹和速度。

2) 动力学算法：从运动的动因出发，由力学方程确定物体的运动形式。

3) 反向运动学算法：已知物体运动的起始位置、轨迹、终止位置和状态，反求运动学方程以确定物体的运动形式。

4) 反向动力学算法：已知物体运动的起始位置、轨迹、终止位置和状态，反求动力学方程以确定物体的运动形式。

5) 随机运动算法：在某些不规则运动的场合下，考虑运动控制的随机因素。

不同类型物体的运动方式是多种多样的，一般按物体运动的复杂程度可分为质点、刚体、可变软组织、链接物、变化物等类型，也可以按解析式来定义物体的运动方式。用算法控制运动的过程包括给定环境描述、环境中的物体造型、运动规律等，计算机通过算法生成动画帧。目前针对刚体和链接物已开发了不少较成熟的算法，对软组织和群体运动控制方面也做了不少的工作。

1.6　计算机动画的应用领域

近年来，随着计算机动画技术的迅速发展，它的应用领域也日益扩大，带来的社会效益和经济效益也不断增长。

比起传统的动画，计算机动画的应用更加广泛，更加具有特色，计算机动画在现阶段主要应用于以下几个领域：电影业、电视片头和广告、科学计算和工业设计、模拟、教育和娱乐以及虚拟现实与网页等：

1. 电影业

计算机动画应用最早、发展最快的领域是电影业。虽然电影中仍在采用人工制作的模型或传统动画实现特技效果，但是计算机技术正在逐渐代替它们。开始的时候，计算机生成动画需要耗费大量的时间在计算机内部建立模型，但是一旦模型生成以后，就为变形、修改、运动等提供了方便。计算机动画特别适用于科幻片的制作，如一些影片中恐龙的镜头，如果不是借助计算机，使早已从地球上灭绝的恐龙栩栩如生地出现在电影中几乎是不可能的。

用于电影电视动画片的制作，可以免去大量模型、布景、道具的制作，节省大量的色片和动画师的手工劳动，提高效率，缩短周期，降低成本，这是一场技术上的革命。

2. 电视片头和电视广告

在电视中，使用计算机动画技术最多的是电视广告，用于商品电视广告片的制作，便于产生夸张等各种特技镜头，可以取得特殊的宣传效果和艺术感染力。计算机动画能制作出精美神奇的视觉效果，给电视广告增添一种奇妙无比、超越现实的夸张浪漫色彩，既让人感到计算机造型和其表现能力的极为惊人之处，又使人自然地接受了商品的推销意图。当然重要的还在于创意，只要人们的头脑想得出来的，计算机就能做出来。

计算机三维动画目前广泛应用于电视广告制作行业。不论是电视片头，还是行业广告，都可以看到计算机三维动画的踪影。各个电视台的片头大多都是计算机三维动画的作品。

3. 建筑效果图及室内装饰设计

对于房地产行业，一座大楼或者一个小区在没有实际建起来之前，由于商业推销和宣传的需要，往往就需要用效果图来展示，用三维建模软件就可以实现这一愿望。现在房地产行业的售楼广告上的图片已让人很难区别出来是实物照片还是计算机模型渲染的效果图了。对于室内装饰也是如此，室内装饰效果图也达到了以假乱真的程度。因此，该行业的计算机三维动画的应用，已改变了一些传统的运作模式，从而避免了不少的浪费，节约了大量的时间和金钱。图1-1为用3DS MAX完成的室内装饰设计效果图。

图1-1　用3DS MAX 完成的室内装饰设计效果图

4. 科学计算和工业设计

利用计算机动画技术，可以将科学计算过程以及计算结果转换为几何图形或图像信息并在屏幕上显示出来，以便于观察分析和交互处理。计算机动画已成为发现和理解科学计算过程中各种现象的有力工具，这称为"科学计算可视化"。例如现在的股票行情软件均以图形的方式显示出每一股票或大盘的行情变化。如果不是这样，而是把大堆的数据提供给股民，恐怕很少有股民能够理解这些杂乱无章的大堆数据。在一些复杂的科学研究和工程设计中，如航天、航空、大型水利工程、地质勘探和气象数据等，资金投入巨大，一旦有失误，所产生的损失往往是难以弥补的。因此，利用计算机动画技术进行模拟分析，从而达到设计与计算可靠的目的。

用于工业过程的实时监控，模拟各种系统的运动状态，出现临界或危险苗头随时显示。模拟加工过程中的刀具轨迹，减少试制件。通过状态和数据的实时显示结果，便于及时进行人工或自动反馈控制。

计算机动画在工业设计方面也越来越受欢迎。原来的计算机设计主要是减轻人们的脑力劳动，如绘图和计算等。而采用计算机动画的设计则为设计人员提供了一个崭新的产品虚拟设计空间。借助于此可以使设计者将产品的风格、可制造性、功能仿真、力学分析、性能实验以及最终产品在屏幕上显示出来，并可以从不同的角度进行观察。同时还可以改变光照条件、调整反射、散射等各种参数，透视到内部观察物体的内部结构和细节等。该设计过程就像在一步一步地制作实物产品一样，可大大节约设计成本，减少设计时间，提高产品的设计质量。

用于模拟产品的检验或实验，可以免去实物或模型的试验，如汽车的碰撞检验、船舱内货物的装载试验等。

5. 虚拟现实与教育

虚拟现实是利用计算机动画技术模拟产生的一个三维空间的虚拟环境，它借助于系统提供的视觉、听觉甚至触觉等设备，使人们能有身临其境的感觉。

用于模拟产品的第一个计算机动画是飞行模拟器。这种飞行模拟器在室内就能进行飞行员的训练，模拟飞机的起飞和降落。飞行员在模拟器里操纵各种手柄，观察各种仪表，透过模拟的飞机舷窗能看到机场的跑道、地平线、山、水、云、雾等自然景象以及其他在真正飞行时看到的景物，并在仪表盘上动态显示数字，以便对飞行员进行全面训练，可以节约大量培训费用。

计算机动画在教育方面也有着广阔的应用前景。有些基本概念、原理和方法需要给学生以感性上的认识，在实际教学中有可能无法用实物来演示，这时可以借助于计算机动画把各种表面现象和实际内容进行直观演示和形象教学，大到宇宙形成，小到基因结构，无论是化学反应还是物理定律，使用计算机动画都可以淋漓尽致地表示出来。

用于辅助教学的演示，可以免去制作大量的教学模型、挂图等，便于采用交互式的教学方式，教师可以根据需要选择和切换画面，使得教学过程更加生动直观，增加趣味性，提高教学的质量。

在国防军事方面，用三维动画来模拟火箭的发射，进行飞行模拟训练等都非常直观有效，能节省大量的资金。用于指挥调度演习，根据指挥员和调度员的不同判断和决策，显示不同的结果状态图，可以迅速准确地调整格局，不断吸取经验与教训，及时地调整方案并改进方法，提高指挥调度能力。

在工业制造、医疗卫生、法律（如交通事故现场再现与分析等）和娱乐等方面同样得到了广泛的应用。

6. 三维网页的应用

近年来，已经普及的因特网（Internet）把全世界的信息连在了一起，它的出现改变了人们的生活方式，人们可以在原来以 HTML 为核心的网页浏览基础上加入三维全新界面，三维网页技术把三维世界带入了因特网，网上用户可以使用浏览器观察三维场景。

7. 计算机游戏制作

计算机游戏制作也比较盛行，有很多著名的计算机游戏中的三维场景与角色就是利用三维软件制作而成的。

1.7　计算机动画相对于传统动画的优点

与传统动画片相比，计算机动画有如下优点：

1. 画面精美

许多电影中的精彩场面就是人们借助于计算机动画技术实现的。

2. 容易保存与修改

传统的动画片由于采用胶片绘制和保存图像，随着时间的推移和使用次数的增多，会因为一些外界的条件（如材料的老化、破损等）而难以保存和修改，而采用数字化技术保存的动画片，可以无损耗地多次使用，并且还可以在计算机上任意地改变剧情，设计新的角色和内容等。

3. 制作成本低

传统动画的造价高，制作过程中有大量的重复性劳动，而用计算机制作动画，可以把许多重复性的劳动交给计算机完成，从而大大节约了制作成本。

4. 强有力的形体设计能力

计算机动画提供了各种平面、曲线、曲面等的生成工具，可以产生各种生动、形象逼真的形体，还可以创作出许多现实中并不存在的抽象物等。

5. 强大的动画功能

在计算机动画中，动画可以不受时间和空间的制约，可以任意指定物体的运动，形体的变化，拍摄的角度和轨迹、照明等。还可以通过数学、物理等方法计算出每个对象的运动规律，并且可以随时演示动画设计的结果，反复进行修改、调试，前景和背景也可以分别设计，随时进行背景的合成和更换。

6. 丰富的质感表现

计算机动画提供给设计人员丰富的质感表现手段，用以实现创意所要求的各种艺术效果。在计算机动画中，质感的表现主要通过两种方法：物体的材质和灯光的设计。

7. 表现形式的多样性

动画片的形式可以是二维的、三维的，也可以是二维和三维相结合的，以便发挥各种形式的优点，产生最佳的艺术效果。

1.8 小结

本章首先简述了动画的基本原理，然后就动画所涉及的基本概念进行了简述，包括传统动画、计算机动画、二维和三维动画的基本概念。传统动画的生产过程是一个较为复杂的过程，本章给出了传统动画生产过程中所涉及的基本流程。

本章分别就计算机动画的分类和应用领域作了较为详细的介绍，最后介绍了计算机动画相对于传统动画的优点。

习题1

1. 什么是动画的帧？
2. 什么是动画的关键帧？
3. 动画的基本原理是什么？
4. 什么是传统动画中的原画？
5. 什么是传统动画中的动画？
6. 角色和背景是分开画的吗？为什么？
7. 计算机动画的应用主要包括哪些领域？
8. 计算机动画对传统动画而言有哪些优势？

第 2 章　3DS MAX基础知识

本章学习内容
- 3DS MAX的工作界面
- 菜单
- 主工具条
- 视图区
- 命令面板
- 时间滑块
- 时间线
- 选择锁开关
- 状态行和操作提示行
- 坐标数值显示与输入框
- 关键帧动画工具
- 动画控制区
- 视图导航区

2.1　引言

　　3DS MAX是三维动画软件使用最为流行的软件之一，使用它的强大功能可以设计出复杂逼真的静态产品或动画产品。但事物总具有两方面，正因为它的功能强大，也使得要熟练掌握它并非易事。尽管国内外也不乏有3DS MAX高手，但那也可以称得上是凤毛麟角，数量非常有限。国内外学习3DS MAX的人确实大有人在，甚至说数量极其庞大，但真正能学好，或者说能成为高手的人却极其少见。大部分人都半途而废，甚至还没到半途就废了。根据作者多年使用3DS MAX和从事3DS MAX教学的体会与经验，可以打一个不太确切的比方：学习其他图像处理或图形设计软件，就好比是学习开汽车，基本上每个人都可以学会，只不过有人学得快些，有人学得慢些而已，但最终都可以学会。而学习3DS MAX，相对地说，就好比学习开飞机。学开飞机可要比学开汽车复杂得多了。当然，作者并没学过开飞机，不知学开飞机与学开汽车到底差距有多大，但从开飞机与开汽车的薪水差别就可略见一斑。现在摆在你面前有两个工作职位，一个是学开飞机，另一个是学开汽车，你选择哪一个？我想有很多人会选择开飞机吧？那好，就请你学习3DS MAX吧，你可要有心理准备，你若想成为3DS MAX高手，不付出努力几乎是不可能的。当然，当你看到3DS MAX高手的作品时，没有人会不为之感到震撼。

根据作者的经验与体会，学习3DS MAX的最好捷径是以实例学习为主，通过实例的学习来掌握3DS MAX的工具，进而融会贯通掌握各种功能的不同工具，这也是本教材编写的出发点。大部分人都有学习英语的体会，只背单词不学句子是学不会英语的，而学习单词的最好方法是在句子中把单词学会。这就非常类似本书的教学方法，在实例中学习工具的使用，变枯燥的工具学习为生动的实例学习。

为了学习实例的方便，在学习实例之前，本章首先把3DS MAX的界面、菜单、主要工具和主要窗口等作一些介绍，以便读者在开始实例学习时，能在3DS MAX中找到实例中经常提及的一些专业工具所在界面的位置。

另外，一般来说，国外的商业软件基本上是一年更新一个版本，3DS MAX也不例外，版本在不断地更新。这对用户来说既有利也有弊。利在于用户可以使用到功能不断增强的软件，弊在于用户除了需要花钱升级软件外，还会犹豫应该使用哪个版本。对于新用户来讲，往往对想学习的软件不熟悉，因此就会盲目追求最新版本的软件。一个版本还没学多少，新的版本又出现了，赶紧抛掉刚刚熟悉的版本，开始使用新的版本，把很多的时间都用在了软件的安装上了，一直安不下心来学习软件的功能。对于3DS MAX来说，目前使用8.0以上的版本就足够了。用户还应该注意到，使用高版本的软件保存的文件，低版本的软件一般是打不开的，而使用低版本的软件保存的文件，使用高版本的软件是可以打开的。因此，对用户来说，没有必要追求使用最高的版本。本书的实例在3DS MAX 8.0以上的版本都可以实现，本书所附光盘中的文件，3DS MAX 8.0以上的版本上也都可以打开。

2.2 3DS MAX工作界面简介

图2-1所示是3DS MAX 8.0的用户界面。应该说，3DS MAX的用户界面设计得非常清晰，要比其他的一些软件看上去整洁多了。

3DS MAX要求显示器的最佳分辨率为1280×800，如果显示器的分辨率达不到1280×800，则3DS MAX的主工具条显示不完整，需要用鼠标拖动的方法才能看到主工具条后面的工具，使用户操作起来略显不便。

对于图2-1中所标出的各个区域，当读者阅读本节后，应该做到大概心中有数。在本书的实例中将不断地提及各个区域的具体操作，本节的目的就是提供各个区域在窗口中的位置，以便读者熟悉3DS MAX的用户界面。

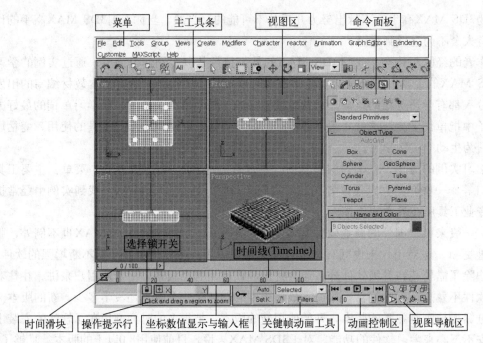

图2-1 3DS MAX 用户界面

2.3 菜单

　　菜单包括了3DS MAX的所有工具，用文字标识。主工具条中没有的工具需要用户到菜单中调用。由于菜单包括的项目太多，本章不作过多的介绍。在此只介绍用户需要经常用到的一个菜单：Customize（设置），单击Customize（设置）→Preference（首选项），会出现Preference Settings（首选项设置）对话框，如图2-2所示。首选项里包括的项目较多，需要读者在学习的过程中不断地去体会与理解。

　　随着不断学习实例，读者将对菜单逐步熟悉。本章主要介绍3DS MAX的常用工具及基本概况，先让读者对3DS MAX有一个大概的了解，详细的理解与掌握则贯穿在实例的学习中。

图2-2 Preference Settings（首选项设置）对话框

2.4 主工具条

　　主工具条以图标的形式提供了3DS MAX常用的重要工具，例如撤销、对象连接、选择、变换和渲染等，使用户的操作便捷快速。

可用鼠标双击主工具条最左侧的两条竖线部位，或者鼠标单击该部位并拖动使主工具条变为浮动的状态，鼠标双击浮动工具条的蓝色主工具条名称，就可变浮动的主工具条为固定的主工具条。主工具条还可以纵向放置，只要鼠标拖动最左侧的两条竖线部位到一定的位置即可。横向放置的主工具条如图2-3所示。

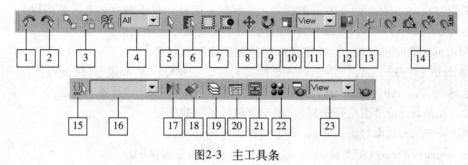

图2-3　主工具条

下面简单介绍一下主工具条中的每个工具：

1) Undo（撤销）工具，可以多步撤销，撤销的步数可以在Customize（定制）菜单的Preference（首选项）中设置，默认的撤销步数为20，最多可以设置的撤销步数为100。

2) Redo（取消撤销）工具，对应于Undo（撤销）工具，与撤销的功能正好相反。

3) Select and Link（选择和连接）工具，可以连接对象使之成为层级的关系，或断开连接的层级关系，或将对象连接到空间变形体上。

4) Selection Filter（对象选择过滤器）工具，可以设置区域选择时只选择哪一类对象，例如几何体、形状、灯光、摄像机等。

5) Select Object（选择对象）工具，选中便可用鼠标选择对象。

6) Select by Name（据名选择）工具，以对话框的形式选择对象，对话框中显示场景中所有对象的名字，可以根据名字选择对象。

7) Select Region（选区）工具，下拉式菜单可以选择矩形选区□、圆形选区○、栅栏选区、套索选区和涂抹选区，还可以设置为选区中和选区上的选取模式。

8) Select and Move（选择和移动）工具，用于对选择的对象进行位置平移的操作，既可以用鼠标直接拖动平移，也可以在右键对话框中输入坐标值进行精确平移。

9) Select and Rotate（选择和旋转）工具，用于对选择的对象进行旋转操作，既可以用鼠标直接拖动旋转，也可以在右键对话框中输入坐标值进行精确旋转。

10) Select and Uniform Scale（选择和缩放）工具，下拉式菜单中有：Select and Uniform Scale（选择并均匀缩放）、Select and Non-uniform Scale（选择并非均匀缩放）或Select and Squash（选择与压扁）工具，使用该工具既可以应用鼠标拖动直接缩放，也可以在右键对话框中输入缩放系数进行精确缩放。

11) Preference Coordinate System（坐标系的选取），选择所用的坐标系统，包括View（视图）坐标系、Screen（屏幕）坐标系、World（世界）坐标系和Local（局部）坐标系等。

12) 设置使用的中心工具，用于设置使用的中心，包括Use Pivot Point Center（使用轴心点为中心）、Use Selection Center（使用选择对象中心）和Use Transform Coordinate Center（使用

变换坐标系中心）。

13) Select and Manipulate（选择和操作）工具，用于操作对象的一些特殊参数。

14) Snap Tools（捕捉工具），用于对象操作时的精确捕捉，包括二维捕捉、2.5维捕捉、三维捕捉、角度捕捉和百分数捕捉等。

15) Edit Named Selection Sets（编辑命名选区组）工具，用于对命名选区的编辑。

16) Named Selection Sets（命名选区组），用于定义命名选择区组。

17) Mirror（镜像）工具，用于镜像或镜像复制选择的对象。

18) Align（对齐）工具，用于对齐选择的对象，包括Quick Align（快速对齐）、Normal Align（法线对齐）、Align Camera（对齐摄像机）和Align to View（对齐于视图）。

19) Layer Manager（图层管理器），用于管理场景中的图层。

20) Curve Editor（曲线编辑器），用于编辑场景动画曲线。

21) Schematic View（图表视图），以浮动窗口显示的图表视图。

22) Material Editor（材质编辑器），用于创建、编辑和给对象指定材质。

23) Render（渲染）工具，用于渲染场景与对象及对渲染参数与选项的控制。

2.5　视图区

视图区是3DS MAX的主要工作区域，用户所创建的对象及场景均显示在视图区中，还包括各种浮动窗口及提示信息等。

3DS MAX有两种视图，Perspective Viewport（透视视图）和Orthographic Viewport（正交视图）。正交视图包括Top（顶视图）、Front（前视图）、Left（左视图）、Bottom（仰视图）、Back（后视图）和Right（右视图）。另外还有User（用户视图）和Camera（摄像机视图）等。

视图的用户定制可以通过Customize（定制）菜单的Viewport Configuration（视图设置）实现，选择Viewport Configuration菜单后将弹出Viewport Configuration（视图设置）对话框，如图2-4所示。

右键单击的Quad Menus（四方菜单）是一组场景相关的菜单，即在视图中的不同位置右键单击，将出现不同的四方菜单。一个典型的右键单击四方菜单如图2-5所示。

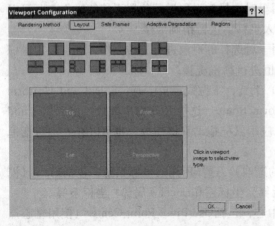
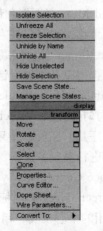

图2-4　Viewport Configuration（视图设置）对话框　　　　图2-5　右键单击四方菜单

2.6   命令面板

命令面板位于视图区的右上角，是用户最常用的界面之一，它包含有Create（创建）、Modify（修改）、Hierarchy（层级）、Motion（运动）、Display（显示）和Utilities（应用）六个选项板，如图2-6所示。

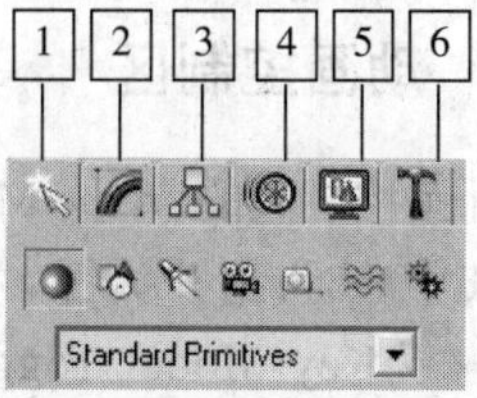

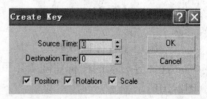

1) 创建：包含创建Geometry（几何体）、Shape（平面形状）、Light（灯光）、Camera（摄像机）、Helper（辅助体）、Space Warp（空间变形体）和System（系统）。

2) 修改：包含修改基本对象参数的Rollout（下拉框）和各种应用于对象的Modifier（修改器）。

图2-6   命令面板

3) 层级：包含管理层级之间的连接等。

4) 运动：用于创建和修改动画及动画轨迹的工具。

5) 显示：用于修改对象显示方式的工具，包括隐藏、显示和冻结对象等。

6) 应用：包括其他的一些应用程序及插件等。

2.7   时间滑块

时间滑块 < 50 / 100 > 用于显示当前帧和用鼠标拖动快速定位当前帧。

当右键单击时间滑块时，弹出Create Key（创建帧）对话框，如图2-7所示。利用创建帧对话框可以将动画帧从Source Time（源时间）复制到Destination Time（目标时间）上去。

图2-7 Create Key（创建帧）对话框

2.8   时间线

用于快速移动和处理关键帧等操作。

2.9   选择锁开关

当选择了一个较为复杂的选区时，为了防止操作时意外去除选择，就可以应用选择锁开关锁定该选区。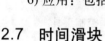为未锁定状态，鼠标单击变成黄色 为锁定状态，其快捷键为空格键。

2.10   状态行和操作提示行

提供所选工具的简短描述及操作提示。

2.11   坐标数值显示与输入框

对象的位置坐标显示及变换的数值输入，包括Move（移动）、Rotate（旋转）和Scale（缩放）等。

2.12　关键帧动画工具

一组用于关键帧动画的制作与管理工具。

2.13　动画控制区

动画控制区的 Frame Model（帧模式）如图 2-8 所示。

其中 ◄◄ 为到开头键， ◄◄ 为前一帧键， ▶ 为动画播放键， ▶▶ 为后一帧键， ▶▶ 为到结尾键。 ▶◄ 为 Key Model Toggle（关键帧模式）开关键。 |0　　| 为帧数字输入框， ▲▼ 为帧数字调整按钮。

当按下关键帧模式键 ▶◄ 时，就从帧模式切换到了关键帧模式。关键帧模式的控制区如图 2-9 所示。

图2-8　帧模式动画控制工具

图2-9　关键帧模式动画控制工具

◄ 为前一关键帧键， ▶ 为后一关键帧键，其他键的功能与帧模式动画控制的功能相同。

2.14　视图导航区

一组用于视图间导航的工具。

视图导航区的图标将随着不同视图的激活而稍有不同，当激活正交视图时，视图导航区如图 2-10 所示。

图2-10　视图导航区

其中 🔍 为 Zoom（激活视图放缩）工具， 🔲 为 Zoom All（所有视图同时缩放）工具， 🔲（灰色）为 Zoom Extents（激活视图范围缩放）工具，范围缩放即将场景中的所有对象放大至最大且都在视图的可见部分。当鼠标按住 🔲 后停留短暂时间将出现另一个 Zoom Extents Selected（选择对象范围缩放）图标 🔲（白色），选择对象范围缩放是将选择的对象进行最大化的放大。 🔲（灰色）为 Zoom Extents All（所有视图范围缩放）工具，同样用鼠标按住 🔲 后停留短暂时间将出现另一个 Zoom Extents All Selected（选择对象所有视图范围缩放）图标 🔲（白色），选择对象所有视图范围缩放是将选择的对象在所有视图中进行最大化的放大。

🔍 为 Zoom Region（区域放大）工具，区域放大工具是在除透视视图以外的视图中以鼠标拖动画出的区域为范围进行放大。当激活透视视图时，区域放大工具变成了 Field of View（视野） ▷ 工具；视野工具是在透视视图中变化视野，也就是对对象的放大或缩小观察。 ✋ 为 Pan（平移）工具，平移是在视图中对整个视图的平移，并非是对某个对象位置的移动，它与 Move（移动）是有本质区别的，Move（移动）是指对象在场景中坐标位置的变化。当激活透视视图时，用鼠标按住 ✋ 后停留短暂时间将出现一个 Walk Through（漫游） 🚶 工具，漫游工具可以通过按键盘上的快捷键在视图中移动视点，快捷键包括四个箭头键。当进入漫游状态时，鼠标光标将变成一个空心圆 ⊙，并且当按箭头键漫游时，空心圆中将出现一个与漫游方向相同的箭头 ⊙ 表示漫游的方向。漫游功能只在透视视图和照相机视图中有效，而在正交视图中无效。

    为Arc Rotate（圆弧旋转）工具，圆弧旋转工具以视图的中心为旋转中心旋转视图。 为Arc Rotate Selected（选择对象圆弧旋转）工具，选择对象圆弧旋转工具以选中对象的中心为旋转中心旋转视图，视图旋转时选择对象的位置保持不变。 为Arc Rotate SubObject（子对象圆弧旋转）工具，子对象圆弧旋转工具以选择的子对象的中心为视图旋转中心旋转视图。 为Maximize Viewport Toggle（最大化视图开关），该工具在激活视图的全屏幕最大化与正常尺寸之间进行切换，其快捷键为Alt+W。

2.15 小结

本章首先介绍了作者教学3DS MAX的一些经验与体会，让读者知道学习一套功能强大的三维动画软件的难度以及如何去学习，以期读者有一个好的学习心态，避免一遇到困难就退缩。

本章的重点是介绍3DS MAX的用户界面以及主要工具的功能，但是不结合应用的抽象介绍是让读者最难接受的事情。因此，对于本章的内容，读者可以先大概地了解一下，不求深入理解与掌握，等到学习实例的时候，如果遇到实例中提及的工具在界面中找不到的时候，再回过头来看看本章的内容，说不定会帮助你快速找到工具所在的位置。本章是对3DS MAX的泛泛介绍，其目的是让读者先对3DS MAX的界面及工具有一个大概的了解。等到学习了一些实例后，本章的内容也就掌握得差不多了。

习题2

1. 3DS MAX的用户界面主要包括哪几个区域？

2. 3DS MAX的常用工具放在哪个区域？

3. 菜单里与主工具条里的同名工具的功能一样吗？

4. 视图控制工具Pan（平移）与对象编辑工具Move（移动）的区别是什么？

5. 正交视图都包括哪些视图？

6. 3DS MAX的非正交视图包括哪些视图？

7. 如何操作能使主工具条纵向放置？

8. 如何对3DS MAX做一些首选项的设置？

9. 为什么视图导航区在不同的时候会出现不同的工具图标？

10. 在什么情况下使用选择锁？

第 3 章 坐 垫

本章学习内容

- 倒角立方体（Chamfer Box）
- 面的边显示模式（Edged Faces）
- 可编辑的多边形（Editable Poly）
- 忽略背面（Ignore Backfacing）选项
- 软选择（Soft Selection）
- 移动变换键入（Move Transform Type In）对话框
- 球体（Sphere）
- 比例均匀缩放（Scale and uniform scale）及键入对话框
- 移动复制
- 贴图坐标（UVW Mapping）
- 简单材质及材质贴图
- 指定材质给场景中的对象 🖼

3.1　坐垫基本模型的建立

1) 鼠标单击Create（创建）🖱，选择Geometry（几何体）⚪，在标准体元下拉框中 [Standard Primitives] ▾ 选择Extended Primitives（扩展体元），在Object Type（对象类型）卷帘窗中选择Chamfer Box（倒角立方体），如图3-1所示。

2) 在Top视图中创建倒角立方体，并命名为坐垫，其参数设置如图3-2所示。

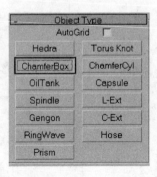

图3-1　Extended Primitives的Object Type
卷帘窗中的Chamfer Box

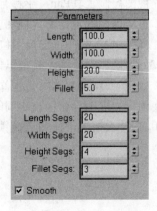

图3-2　坐垫基本参数的设置

　　3）用选择和移动 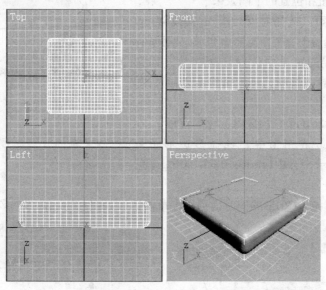 工具将倒角立方体的位置移动到坐标系的原点，即将视图底部的位置坐标调整为 ⊞ X 0.0　　 ▾ Y 0.0　　 ▾ Z 0.0　　 ▾ 。调整位置后的坐垫如图3-3所示。

图3-3　坐垫在视图中的位置

　　4）在选中坐垫的情况下，用鼠标右键单击Perspective（透视视图）以激活透视视图并使被选中的坐垫继续被选中，按键盘上的F4功能键或将鼠标放在透视视图左上角的Perspective上，用鼠标右键单击出现菜单，选择Edged Faces（显示面的边），如图3-4所示。左键单击也可以激活某个视图，但可能使原来被选中的对象不再被选中。

　　现在Perspective视图中坐垫各个面的边都已显示出来，如图3-5所示。显示出边以便设计纽扣的位置。

图3-4　鼠标右键菜单

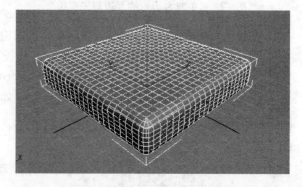

图3-5　Perspective视图中Edged Faces
（显示出面的边）的坐垫

3.2 设计坐垫的纽扣

1.制作坐垫上纽扣位置的下陷效果

用Select Object（选择对象）工具或Select by Name（据名选择）工具选中坐垫，用鼠标右键单击，在出现的菜单中选择 Convert To: 之后选择 Convert to Editable Poly （转换为可编辑的多边形），如图3-6所示。

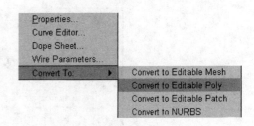

图3-6 转换为可编辑的多边形命令

用鼠标单击Modify（编辑）面板，在Selection（选择）卷帘窗中，选择多边形子层级，如图3-7所示，选中Ignore Backfacing（忽略背面）选项。

在Top视图中，按着Ctrl键的同时，用鼠标单击选择如图3-8所示的8个多边形。

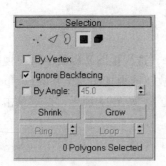

图3-7 可编辑多边形的多边形子层级

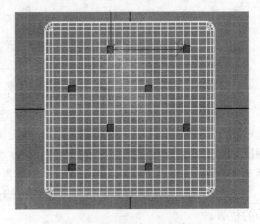

图3-8 同时选中8个多边形

在编辑面板的Soft Selection（软选择）卷帘窗中，做如图3-9所示的参数设置。

用鼠标右键单击激活透视视图，在主工具条上先用鼠标单击再右键单击Select and Move（选择和移动）工具，在弹出的Move Transform Type-In（移动变换键入）对话框中的Offset Screen（相对于屏幕偏离）的Z轴方向键入−5，如图3-10所示。

图3-9 Soft Selection（软选择）参数的设置

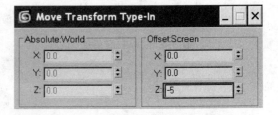

图3-10 坐垫纽扣处下陷的参数设置

经过对坐垫纽扣处多边形进行下陷后，坐垫效果如图3-11所示。

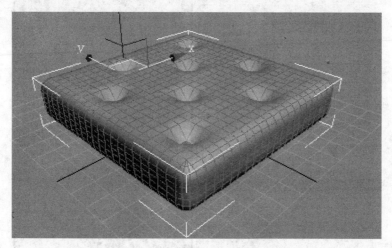

图3-11　坐垫纽扣处下陷后的效果图

2. 制作纽扣

在Top视图中创建一个Sphere（球体）作为坐垫的纽扣，并命名为纽扣，其参数的设置如图3-12所示。

单击均匀缩放□工具，在Front视图或Left视图中将鼠标放在Y坐标轴上拖动，或者在均匀缩放□上右键单击，在出现的如图3-13所示的Scale Transform Type-In（比例变换键入）对话框中，将Absolute：Local（绝对－局部）的Z值设置为合适的值，使其缩放为合适的纽扣形状。

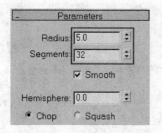

图3-12　坐垫纽扣的参数设置

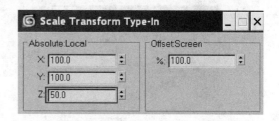

图3-13　Scale Transform Type-In（比例变换键入）对话框

本例中的Z值缩放为50，即原来Z值的一半（50%）。经缩放和调整位置后的纽扣如图3-14所示。

创建一个纽扣后，可以应用复制工具复制出其他的纽扣。在Top视图中，用主工具条上的Select and Move（选择和移动）✛工具选中制作好的纽扣，在按下Shift键的同时，拖动移动纽扣一定的距离后松开鼠标，在出现的Clone Options（复制选项）对话框中设置参数，如图3-15所示，单击OK按钮后复制出另外7个纽扣。选择Instance（实例）的目的是一旦改变源纽扣（即创建的第一个纽扣），则其他复制的7个纽扣就会自动随着源纽扣改变。

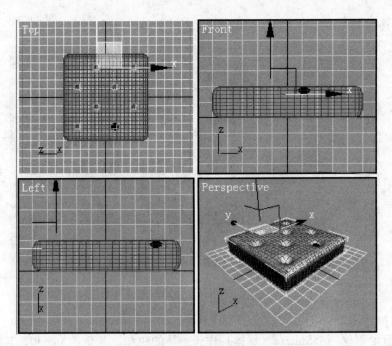

图3-14 纽扣缩放后的效果与位置

对复制后的8个纽扣，用选择和移动✥工具将其移动到坐垫的下陷位置。纽扣与坐垫的对位方法与选择坐垫下陷多边形时的方法相同（可以放大视图后数一数格数，就可以做到准确对位）。对位后，纽扣在Top视图中的位置如图3-16所示。

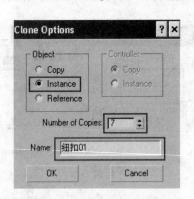

图3-15 Clone Options（复制选项）对话框

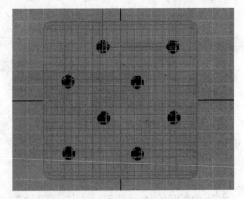

图3-16 纽扣在Top视图中的位置

3.3 给坐垫添加面料材质

因为添加的是格子平面面质，为了使其贴到立方体上能调整添加材质后格子的大小等参数，须先给坐垫加上一个贴图坐标，称为UVW Mapping（UVW贴图坐标）。

1) 选中坐垫，用鼠标单击Modify（编辑）面板🖎，单击Modifier List（编辑器列表）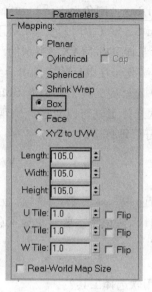右侧的向下箭头，从中选择UVW Mapping（UVW贴图坐标），在其Parameters（参数）卷帘窗中选择Box（立方体），参数设置如图3-17所示。

图3-17　UVW Mapping（UVW贴图坐标）的参数设置

2）按快捷键M，或在主工具条中单击Material Editor（材质编辑器）打开材质编辑器，选中第1个Sample Slot（样本球），在Blinn（姓氏）基本参数卷帘窗中用左键单击Diffuse（漫散射）右侧的贴图选择按钮，如图3-18所示，在出现的对话框中用鼠标双击Bitmap（贴图），然后找到并打开贴图文件即可，这时选中的样本球就显示出了所选的材质。

3）选中坐垫，单击Assign Material to Selection（赋材质给选择对象），再单击Show Map in Viewport（在视图中显示贴图），这时的坐垫已添加上了所制作的材质。渲染后的坐垫如图3-19所示。

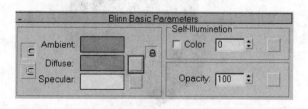

图3-18　Blinn基本参数卷帘窗

图3-19　完成后的坐垫渲染效果图

3.4　小结

坐垫的轮廓基本上是一个规则的立方体，但是由于实际的坐垫都是由海绵一类的弹性材料做成的,因此坐垫的模型中必须体现出坐垫的这种内在的材料特性。坐垫的表面材料可以通过添加材质来表现出不同的面料。

　　本章涉及的工具主要有ChamferBox(倒角立方体)和Sphere(球体),涉及的编辑器有转换为可编辑的多边形及Non Uniform Scale(非均匀变形)工具和复制工具。这些工具都是3DS MAX的基本工具,熟悉这些工具对掌握3DS MAX很有帮助。本实例还涉及材质编辑器的基本用法,材质是3DS MAX的一个重要工具,在以后的实例中会经常用到材质编辑器。

　　另外,本章还涉及一个较深的概念及工具,即Soft Selection(软选择)。软选择是3DS MAX的一个较抽象的概念,利用软选择工具可以对选区实现具有过度效果的选择,这个概念的理解及掌握需要读者在实例中去好好地体会。

习题3

　　1. 在图3-7中为什么要选中忽略背面 ☑ Ignore Backfacing 选项?如果不选中该项将会出现什么情况?

　　2. 如果场景中有多个对象,为什么应该将主要对象放置在坐标系的中心?如何将一个对象快速地移动到坐标系的中心?

　　3. 如何打开材质编辑器?

　　4. 一般来说,在什么情况下使用软选择工具?

　　5. 为什么要对坐垫添加贴图坐标?

　　6. 如何精确移动一个对象?

　　7. F4键的功能是什么?在什么情况下使用F4键?

　　8. 激活任一个视图,按一下F3键,看看激活的视图有什么变化,再按一次F3键,看看又有什么变化。解释F3键的功能。

　　9. 制作如图3-20所示的抱枕。

　　10. 制作如图3-21所示的简易沙发。

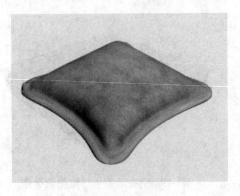

图3-20　抱枕

图3-21　简易沙发

第4章 望 远 镜

本章学习内容

- 倒角圆柱（Chamfer Cylinder）
- 倒角立方体（Chamfer Box）
- 圆形选区（Circular Selection Region）
- 凸出（Extrude）
- 嵌入（Inset）
- 锥度（Taper）
- 弯曲（Bend）
- 网格光滑（Mesh Smooth）
- 实例（Instance）和参考（Reference）的使用
- 线框（Wireframe）与光滑加光照（Smooth + Highlights）显示模式的切换
- 渐变（Gradient）材质

4.1 创建镜筒

1. 在Front视图中创建一个Chamfer Cylinder（倒角圆柱）

单击Create ![icon] 进入创建面板，在 `Standard Primitives` 下拉框中选择Extended Primitives（扩充体元），然后单击倒角圆柱体 `ChamferCyl`，如图4-1所示。

在Front视图中，按住鼠标左键拖动一定的距离，画出圆柱体的直径；然后松开鼠标左键，移动鼠标一定的距离画出圆柱体的长度；再单击鼠标，移动鼠标一定的距离画出倒角。在名字和颜色 `Name and Color` 卷帘窗中，取名字为镜筒1。在创建 ![icon] 或编辑 ![icon] 的Parameters（参数）卷帘窗中输入参数，如图4-2所示。

图4-1　Create（创建）面板

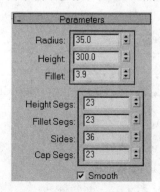

图4-2　镜筒1的参数设置

选中镜筒1，在主工具条中单击Select and move（选择和移动）✛工具，用鼠标右键单击底部位置坐标 ⊞ X 0.0 ＋ Y 0.0 ＋ Z 0.0 中三个坐标输入框右侧的上下箭头 ↕ ，将三个坐标值均设置为0，使镜筒1位于坐标系的中心。此时的镜筒1如图4-3所示。

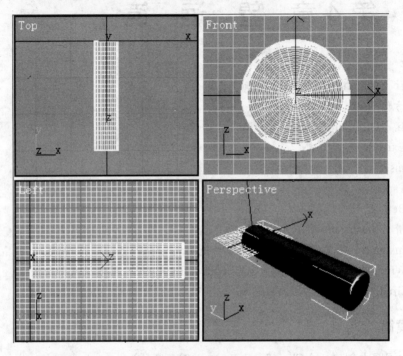

图4-3　镜筒1在场景中的位置

2. 将镜筒1转换为Edit Poly（编辑多边形）

1）选中镜筒1，单击编辑 ⟋ ，单击编辑器列表 Modifier List ▾ 右边的黑箭头打开编辑器下拉框，在列表中选择 Edit Poly ，这时的Modifier Stack（编辑堆栈）如图4-4所示。

2）在如图4-4所示的编辑堆栈中，单击 ♀ ⊞ Edit Poly 中的加号，并选择其中的Polygon（多边形）子层级，如图4-5所示。

图4-4　镜筒1的编辑堆栈

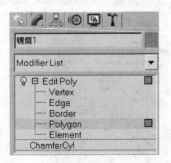

图4-5　Polygon（多边形）子层级

3) 在主工具条上选择Circular Selection Region（圆形选区）⊙，在Front视图中用选择工具 ⌐ 从圆柱体的中心开始拖动鼠标左键，直到选中了镜筒1至倒角处的部位，松开鼠标左键，所选中部分的多边形变成了红色，如图4-6所示。

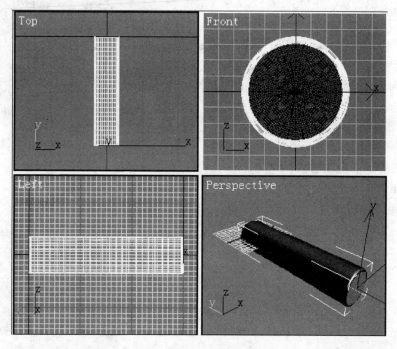

图4-6　镜筒1的圆形选中区

3. 对镜筒1的端部进行Extrude（凸出）形成望远镜的镜片

1) 在上一步的基础上，将鼠标放在Control Panel（控制面板）的空白处，当鼠标光标变成手形🖐时，往上拖动鼠标找到Edit Polygons（编辑多边形）卷帘窗，用鼠标单击凸出 Extrude 右边的设置 □（将鼠标放到 □ 上，就会显示出文字Setting），如图4-7所示。

2) 在弹出的如图4-8所示的Extrude Polygons（凸出多边形）对话框中，选择凸出的类型为Local Normal（局部法线方向），在Extrusion Height（凸出高度）中输入−15。

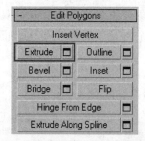

图4-7　Edit Polygons卷帘窗中的Extrude命令

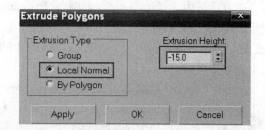

图4-8　Extrude Polygons（凸出多边形）对话框

单击OK按钮关闭Extrude Polygons（凸出多边形）对话框，经凸出后的镜筒如图4-9所示。

4. 对镜筒添加Taper（锥度）和Mesh Smooth（网格光滑）编辑器

1）添加锥度编辑器。在Modifier Stack（编辑器堆栈），选择 Edit Poly ，然后用鼠标单击Modifier List（编辑器列表）右边的黑色箭头，在键盘上按T，找到Taper，按Enter键或用鼠标单击选择Taper，则Taper编辑器添加到 Edit Poly 之上，如图4-10所示。

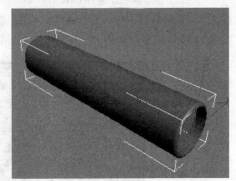

图4-9 经过凸出的镜筒效果

锥度编辑器使得所添加的对象变得具有一定的锥度，即一头大一头小。

2）添加网格光滑编辑器。在 Taper 之上添加MeshSmooth（网格光滑编辑器），方法同上，如图4-11所示。

添加锥度和网格光滑编辑器后镜筒的效果如图4-12所示。

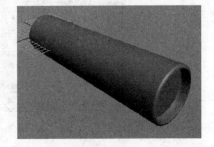

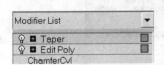

图4-10 添加Taper（锥度）   图4-11 添加网格光滑编辑器   图4-12 添加锥度和网格光滑编辑器后
　　　　 编辑器   的效果

5. 复制镜筒

在Top视图中，首先选中镜筒1，然后按Ctrl+V键，或在按下Shift键的同时，鼠标左键用选择和移动 工具拖动镜筒1一定的距离后松开鼠标，则打开Clone Options对话框，如图4-13所示。

在对话框中选择Instance（实例），Instance是指复制对象与源对象具有修改的双向连接性，即修改源对象或实例对象时，不管修改的是哪个对象，两个对象同时发生变化。而Reference（参考）与源对象具有单向连接性，即源对象的修改影响参考对象。Copy（复制）是指复制后两个对象不关联。

复制后，镜筒1和镜筒2的效果如图4-14所示。

复制的镜筒2与镜筒1的距离为150个单位，可以选择主工具条上的选择与移动工具 ，然后调整镜筒2的坐标位置为 X:150.0 Y:0.0 Z:0.0 。

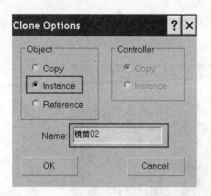

图4-13　Clone Options（复制）对话框　　　　图4-14　复制后的镜筒效果图

4.2　制作目镜

1）在Front视图中创建另一个倒角圆柱并命名为目镜1，其参数设置如图4-15所示。

调整镜筒1和目镜1在前视图中的位置，使其同心，如图4-16所示。可以使用位置坐标调整使其同心，也可以使用Align（对齐）工具。

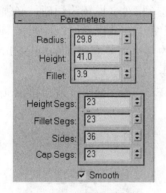

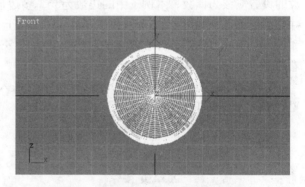

图4-15　目镜1的参数设置　　　　图4-16　镜筒1和目镜1在前视图的位置

2）在Top视图中调整镜筒1和目镜1的位置，如图4-17所示。

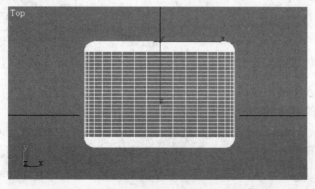

图4-17　镜筒1和目镜1在Top视图中的位置

3）对目镜1添加Edit Poly（编辑多边形）编辑器，方法与制作镜筒1时相同。在编辑多边形的Polygon（多边形）子层级下，在Top视图中选择多边形，如图4-18所示。

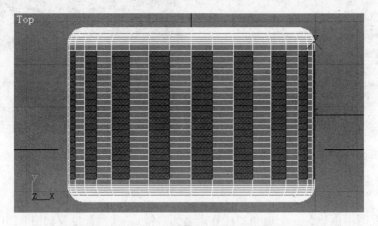

图4-18　目镜1在Top视图中选中的多边形示意图

为了使得选中的多边形符合交替的原则，在创建倒圆角圆柱体（目镜1）时，其Sides（边）数的设置应该为偶数，本例子中的边数为36。多边形的选择相对来说较为烦琐，必须仔细操作并交替使用各个视图，如Top视图、Bottom视图、Front视图、Back视图、Left视图、Right视图和Perspective视图等，并在必要的时候，在编辑多边形的多边形子层级下的Selection（选择）卷帘窗中选择Ignore Backfacing（忽略背面）选项，如图4-19所示。

4）在编辑多边形卷帘窗中分别选择Inset（嵌入）和Extrude（凸出）右侧的Settings（设置）▢，如图4-20所示。

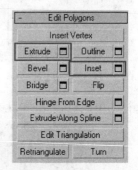

图4-19　Selection卷帘窗中的Ignore Backfacing选项　　　　图4-20　编辑多边形卷帘窗

在分别弹出的嵌入和凸出对话框中设置参数如图4-21和图4-22所示。

经过嵌入和凸出的目镜在Top视图中的效果如图4-23所示。

此时Top视图已从Wireframe（线框）显示切换成为Smooth + Highlights（光滑加光照）显示，线框与光滑加光照的切换有两种方式，一种是按快捷键F3，另一种是在该视图中用鼠标右键单击视图标签（这里是Top），在出现的右键单击选择框中选择Wireframe（线框）或Smooth + Highlights（光滑加光照）进行切换。

5）对目镜1在Edit Poly（编辑多边形）之上添加Taper（锥度）编辑器，其参数设置如图4-24所示。

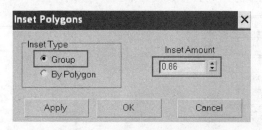

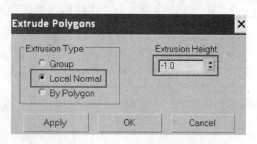

图4-21　Inset Polygons对话框　　　　　　　　图4-22　Extrude Polygons对话框

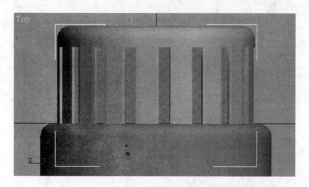

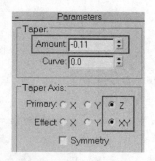

图4-23　嵌入和凸出后的目镜效果示意图　　　　　图4-24　目镜1的Taper参数设置

添加锥度编辑器后，目镜1的效果如图4-25所示。

6）应用同复制镜筒一样的方法，复制目镜，其参数设置同复制镜筒完全一样。现在的望远镜模型如图4-26所示。

图4-25　目镜1添加锥度后的效果　　　　　　　图4-26　复制目镜后的效果图

4.3   制作连接两镜筒的倒角立方体

1）在Top视图中创建一个连接两镜筒的倒圆角立方体，其参数设置如图4-27所示。

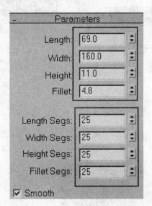

图4-27   倒角立方体的参数设置

倒角立方体在各个视图中的位置如图4-28所示。

其参考坐标值为 ◈ X: 75.0　Y: -180.0　Z: 25.0。

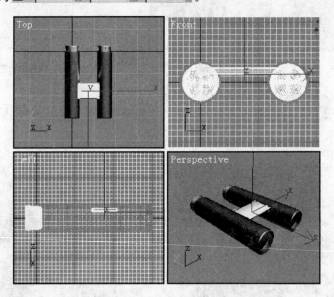

图4-28   倒角立方体在各个视图中的位置

2）对倒角立方体添加一个Bend（弯曲）编辑器，其参数设置如图4-29所示。

倒角立方体添加弯曲编辑器后的效果如图4-30所示。

3）对添加弯曲后的倒角立方体再添加一个Edit Poly（编辑多边形）编辑器并进入Polygon子层级，如图4-31所示。

4）在Top视图中，选择倒角立方体中部的多边形区域，如图4-32所示。

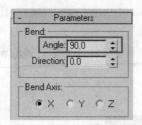

图4-29　Bend参数的设置

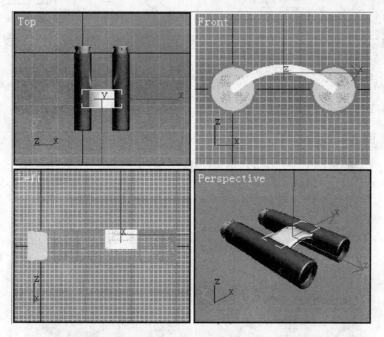

图4-30　倒角立方体添加弯曲编辑器后的效果

图4-31　对倒角立方体添加Edit Poly编辑器　　　图4-32　倒角立方体中部的多边形选择区域

5）对该部分选择区域添加Extrude（凸出）编辑器。在Extrude Polysons对话框中设置参数，如图4-33所示。

6）再在Front视图中创建一个小倒角圆柱体作为望远镜的聚焦旋钮，其参数设置如图4-34所示。

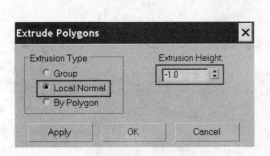

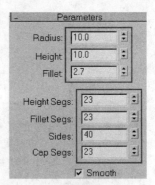

图4-33　Extrude参数的设置　　　　　　　　图4-34　旋钮倒角圆柱体的参数设置

旋钮的位置调整参阅图4-35。其参考坐标位置为 X: 75.0　Y: -135.0　Z: 30.0 。

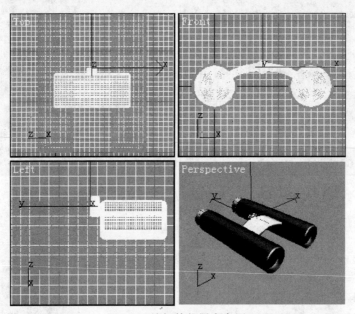

图4-35　旋钮的位置参考图

4.4　添加材质

1）选中镜筒1或镜筒2，在Modifier Stack（编辑器堆栈）中用鼠标右键单击编辑多边形 Edit Poly ，在弹出的选择框中用鼠标单击Collapse To（塌陷至）选项，如图4-36所示。塌陷后的编辑堆栈如图4-37所示。

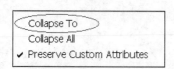

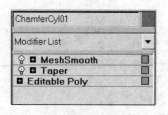

图4-36 右键选择框中的Collapse To   图4-37 镜筒塌陷后的编辑堆栈

2) 在编辑堆栈中单击Editable Poly（可编辑的多边形）左侧的加号展开其子层级，然后选择Polygon（多边形）子层级。

用圆形选区及选择工具选中如图4-38所示的区域。

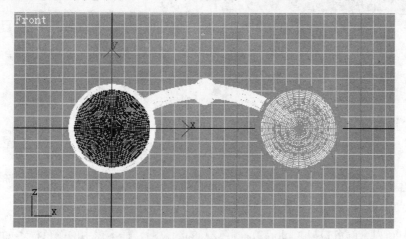

图4-38 选择镜筒前端以添加渐变材质

3) 用选择工具 ▶ 结合Shift键，或用Select by Name（据名选择）工具，同时选中两个镜筒，在选择镜筒的时候，必须退出多边形子层级，否则无法进行选择。同时选中两个镜筒后，再次进入Editable Poly的Polygon子层级，此时Front视图显示出两个镜筒被选中的镜片部分，如图4-39所示。

4) 在键盘上按M键，或者用鼠标单击主工具条上的Material Edit（材质编辑器） 🔡 ，打开材质编辑器，选择材质编辑器中的第一个（也可以选择其他的）样本球，在材质名称框 ▶ 镜片 ▼ 中给材质命名为"镜片"，然后在Blinn Basic Parameters（基本参数）卷帘窗中选择Diffuse（漫散射）右侧的贴图按钮，如图4-40所示。

在弹出的如图4-41所示的选择Bitmap（贴图）选择框中，用鼠标双击Gradient（渐变）或单击Gradient（渐变）后再单击OK按钮。OK按钮在选择框的下部，如果看不见，则需要把鼠标光标放在选择框的上边沿，当鼠标光标变成上下箭头时，用鼠标左键往下拖动就可以使选择框缩小，即可看到OK按钮。

现在材质编辑器进入到渐变材质层级，在材质编辑器渐变层级的Gradient Parameters（渐变参数）卷帘窗中，分别单击Color#1（颜色1）和Color#2（颜色2）的色样框，把它们的颜色调成如图4-42所示的颜色（Color#1：R=255，G=0，B=0；Color#2：R=250，G=76，B=0）。

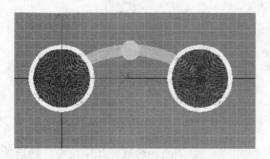

图4-39　添加材质前两个镜筒镜片被选中的多边形

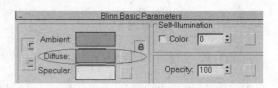

图4-40　材质基本参数卷帘窗

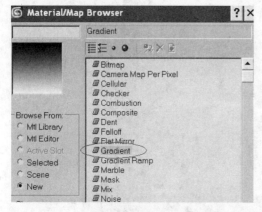

图4-41　Gradient（渐变）材质选择框

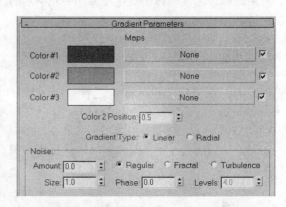

图4-42　渐变（Gradient）颜色选择框

设置好Color#1（颜色1）和Color#2（颜色2）的颜色后，样本球中的颜色样本如图4-43所示。

5）用鼠标单击Assign Material to Selection（指定材质给选择对象）🎨，则被选中的两个镜筒的镜片部分添加上了样本球中的渐变材质。此时Render（渲染）Front视图，即先激活Front视图，然后单击主工具条上的Quick Render（快速渲染）图标👁。渲染后的Front视图如图4-44所示。

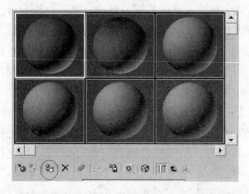

图4-43　样本球中的渐变（Gradient）材质

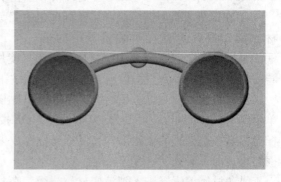

图4-44　渲染后的镜筒镜片效果图

改变渲染背景色的方法是在主菜单中选择Rendering（渲染），在如图4-45所示的渲染菜单下选择Environment（环境）。

在弹出的环境对话框中改变背景的颜色（R=171，G=160，B=255），如图4-46所示。

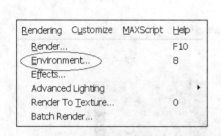

图4-45 Rendering（渲染）菜单

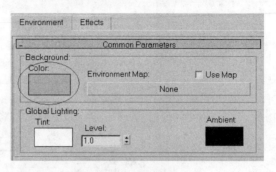

图4-46 背景颜色的改变

6）在主菜单的Edit（编辑）菜单下，选择Select Invert（反选），如图4-47所示。

反选后两个镜筒上被选中的多边形由镜片部分变成了除镜片以外的其他部分，如图4-48所示。

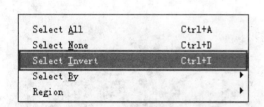

图4-47 Edit（编辑）菜单里的Select Invert（反选）

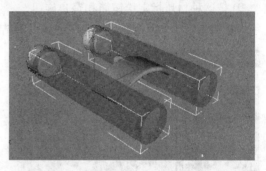

图4-48 反选后镜筒被选中的多边形

7）打开材质编辑器，选择第二个样本球，在材质名称框 ✎ 镜片 ▾ 中给材质命名为"镜筒"，然后在基本参数卷帘窗中选择Diffuse（漫散射）右侧的贴图按钮，如图4-49所示。

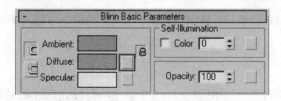

图4-49 材质基本参数卷帘窗中的Diffuse（漫散射）贴图按钮

在弹出的贴图选择框中用鼠标双击Bitmap或单击Bitmap后单击OK按钮。

8）在弹出的选择贴图文件对话框中，选择镜筒所用的材质贴图文件，如图4-50所示，然后单击"打开"按钮。

则材质编辑器中选中的样本球显示出选定的材质，如图4-51所示。

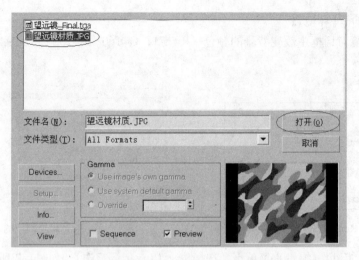

图4-50　材质贴图文件选择对话框

9) 把这种材质指定给镜筒和聚焦旋钮。

10) 渲染Perspective视图中的望远镜后的结果如图4-52所示。

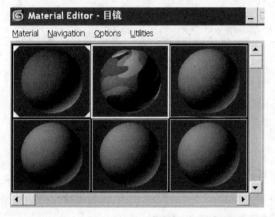

图4-51　样本球显示出选定的材质（第2个样本球）

图4-52　完成后的望远镜渲染效果图

4.5　小结

虽然望远镜模型的部件不多，但需要对这些部件进行较为细致的处理才可以达到较好的效果。对于镜片的处理，实例中采用了颜色渐变的材质来模拟镜片的效果。

本章中涉及的创建工具只有Chamfer Cylinder（倒角圆柱体）和Chamfer Box（倒角立方体），但涉及了较多的编辑工具，这些编辑工具只有在实际应用中不断地体会才能掌握。在本章中，读者需要特别注意的是Edit Poly（编辑多边形）和Editable Poly（可编辑的多边形）这两个编辑器的区别。

本实例中的材质使用了Gradient（渐变）颜色材质，这也是制作材质的一种基本方法。另外，本章还使用了材质贴图，这是3DS MAX最常用的材质方法，需要熟练地掌握。

习题4

1. 子对象级（Sub-object Level）或子层级的含义是什么？
2. 编辑器在Modifier Stack（编辑堆栈）中的顺序是否对编辑对象有影响？
3. 在主工具条上默认的选区是矩形选区 ▢，如何操作才能使用Circular Selection Region（圆形选区）⬡？
4. 复制对话框中的Copy、Instance和Reference的含义是什么？
5. 视图中从Wireframe（线框）模型到Smooth + Highlights（光滑加光照）模型或从Smooth + Highlights（光滑加光照）模型到Wireframe（线框）模型的显示切换有几种方式？各如何操作？
6. 把一种材质指定给场景中的某一个对象有几种方法？各如何操作？
7. 设计如图4-53所示的螺丝刀。
8. 设计如图4-54所示的机油桶。

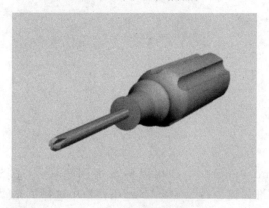

图4-53　螺丝刀

图4-54　机油桶

第5章 饼干桶

本章学习内容

- 倒角圆柱体（Chamfer Cylinder）
- 可编辑的多边形（Editable Poly）
- 凸出（Extrude）
- 快速圆滑（Turbo Smooth）
- 圆（Circle）
- 可编辑的样条曲线（Editable Spline）
- 形状渲染与显示参数设置
- 顶点（vertex）编辑
- 圆柱体（Cylinder）
- 立方体（Box）
- 弯曲（Bend）
- 基本材质的制作与添加

5.1 创建饼干桶主体

1）在控制面板（Command Panel）中，用鼠标单击创建 ，选择 Geometry（几何体）◉，在标准体元 Extended Primitives ▾ 下拉框中选择扩充体元 Extended Primitives ▾ ，在对象类型 Object Type 卷帘窗中选择倒角圆柱体 ChamferCyl ，如图5-1所示。

2）在Top视图中拖动鼠标一定的距离，然后松开鼠标，画出倒角圆柱体的直径，移动鼠标一定的距离画出倒角圆柱体的高度，再单击鼠标，移动鼠标一定的距离画出倒角，将该倒角圆柱体为命名"饼干筒"。

3）在Modify（编辑）的Parameters（参数）卷帘窗中，设置饼干筒的参数，如图5-2所示。

图5-1 扩充体元的对象类型卷帘窗

图5-2 饼干筒的参数设置

将饼干桶调整到坐标系的中心，其在场景中的效果如图5-3所示。

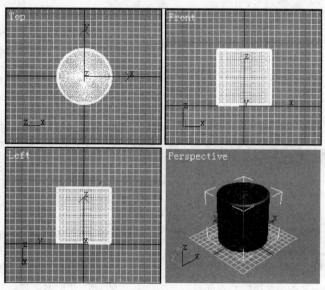

图5-3　饼干筒在场景中的效果

4）将饼干桶转换为Editable Poly（可编辑的多边形）。

5）进入可编辑Polygon（多边形）子层级，在Front视图中用选择 工具框选如图5-4所示的多边形。

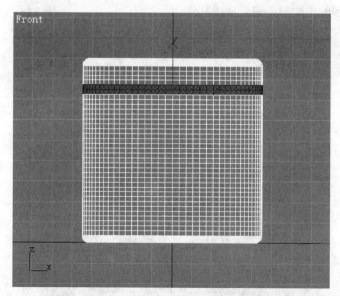

图5-4　饼干桶多边形的选择区域

在Edit Polygons（编辑多边形） Edit Polygons 卷帘窗下单击选择凸出 Extrude 右边的Setting（设置） ，在Extrude Polygons（凸出多边形）对话框中设置凸出参数，如图5-5所示，然后单击OK按钮关闭Extrude Polygons（凸出多边形）对话框。

凸出多边形后的饼干桶如图5-6所示。

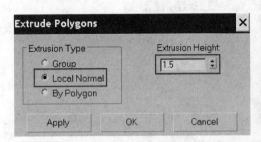

图5-5　Extrude Polygons（凸出多边形）对话框

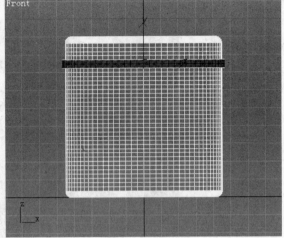

图5-6　凸出多边形后的饼干桶

6）在编辑堆栈中单击 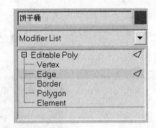 的加号，展开
Editable Poly（可编辑的多边形）的下一级子对象，并选
中Edge（边）子层级，如图5-7所示。

选择凸出多边形的中间一条边，如图5-8所示。

边的选择有两种方法：

• 用选择工具单击一条边，然后再在按下Ctrl键的
　同时，选择其他的边，这样选择较多的边时显得比
　较麻烦。

图5-7　饼干桶编辑堆栈的边子层级

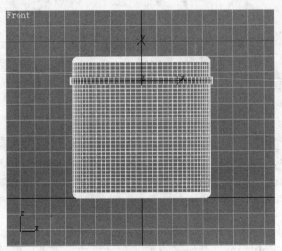

图5-8　饼干桶上选中的边

- 在主工具条上单击Crossing（交叉模式）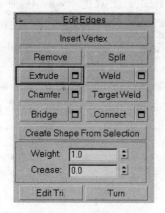，使其变成窗口模式，这样就可以用框选的模式选择所需要的边，在选择框上的边将不被选中，而只选中完全处于窗口中的边。

在Edit Edges（编辑边）卷帘窗下单击凸出 Extrude 右边的Setting（设置），如图5-9所示。

单击后出现Extrude Edges（凸出边）对话框如图5-10所示，设置参数后单击OK按钮关闭该对话框。

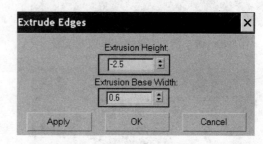

图5-9 编辑边卷帘窗　　　　　图5-10 Extrude Edges（凸出边）对话框

凸出边后的效果如图5-11所示。

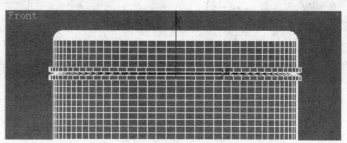

图5-11 凸出边后的效果

7) 重新进入Editable Poly（可编辑的多边形）的Polygon（多边形）子层级。用选择工具和Ctrl键，选中如图5-12所示的多边形区域。

做如图5-13所示的多边形凸出设置。

8) 在主工具条上选用圆形选区，用选择工具在Top视图中选中饼干桶顶端的圆形区域，如图5-14所示。

对该选中区域作凸出多边形参数设置，如图5-15所示。

9) 在控制面板的编辑选项卡下，单击编辑器列表 Modifier List 右侧的箭头打开下拉框，选中TurboSmooth（快速光滑）编辑器为饼干桶添加TurboSmooth编辑器。

取TurboSmooth编辑器的默认参数即可，即Iteration（迭代数）等于1。

此时饼干桶的效果如图5-16所示。

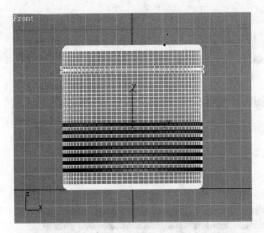

图5-12 饼干桶上应选中的多边形区域

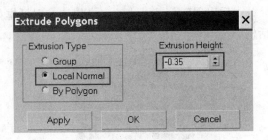

图5-13 凸出多边形对话框中的参数设置

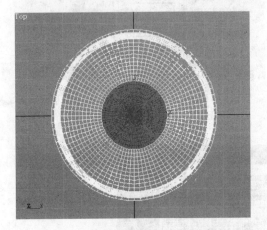

图5-14 饼干桶顶部应选中的多边形

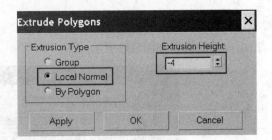

图5-15 凸出多边形对话框中的参数设置

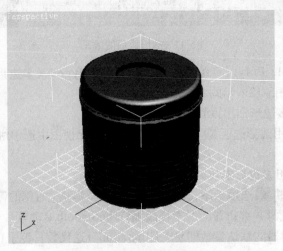

图5-16 饼干桶的基本模型

5.2 把手的创建

1) 单击创建，选中形状（Shapes），单击圆（Circle），如图5-17所示。
在Front视图中用鼠标拖动做出一个圆并命名为"把手"，圆参数的设置如图5-18所示。

图5-17 创建形状命令面板

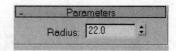

图5-18 把手圆半径的参数设置

将把手圆的位置调整为 X 0.0 Y -0.0 Z 90.0 。
把手圆在场景中的位置如图5-19所示。

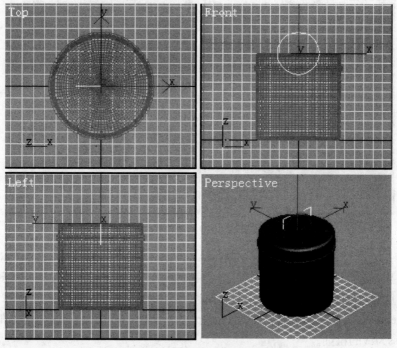

图5-19 把手圆在场景中的位置

2) 在Front视图中选中把手圆，将鼠标光标放在把手圆上单击右键，在出现的右键菜单中，选择Convert To（转换为）中的Convert to Editable Spline（可编辑的样条曲线），如图5-20所示。在  卷帘窗中选中Segment（线段）✏ 子层级，如图5-21所示。

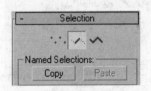

图5-20　右键菜单   图5-21　饼干桶的线段子层级

选中把手圆的下半圆，在键盘上按Delete键，删除所选的下半圆。删除下半圆后把手圆在场景中的情况如图5-22所示。

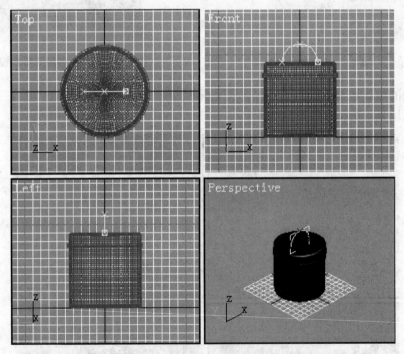

图5-22　把手在场景中的位置

3) 单击展开渲染 Rendering 卷帘窗，3DS MAX中由Shape（形状）工具创建的对象其默认的设置在渲染时是不可见的，并且线的粗细在视图中也是不变的。如果要使形状工具创建的对象在渲染时是可见的，并且线的粗细在视图中可变，则需要为其设置参数，如图5-23所示。其中的Enable In Renderer为使渲染时可见，Enable In Viewport为在视图中可见（即线的粗细变化可见），Thickness为线的粗细。

　　此时把手在场景中的效果如图5-24所示。

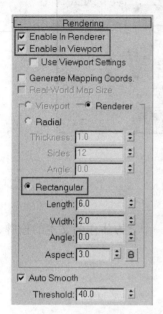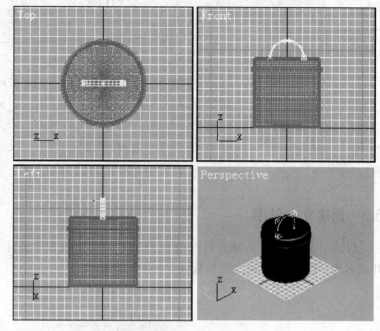

图5-23　把手渲染参数的设置　　　　　　　　　　图5-24　把手在场景中的效果

4) 选中饼干桶把手，右键单击将其转换为Editable Poly（可编辑的多边形）。

5) 进入可编辑的多边形的vertex（顶点）　子层级。

6) 在Front视图中，选择把手的节点，将其移动调整到如图5-25所示的形状。

7) 在Top视图中创建一个小圆柱体作为固定把手的螺钉，其参数设置如图5-26所示。

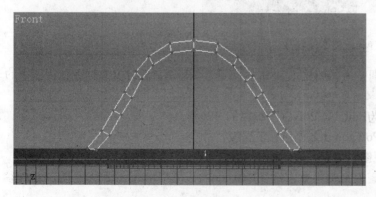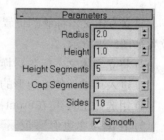

图5-25　把手的形状　　　　　　　　　　图5-26　用作螺钉的小圆柱体的参数

　　将螺钉的位置调整到 X -22.0　Y 0.0　Z 90.0 。再复制一个螺钉，将其位置调整
到 X 22.0　Y 0.0　Z 90.0 。螺钉在场景中的位置如图5-27所示。

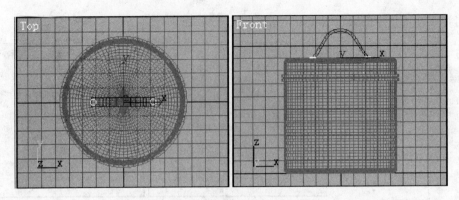

图5-27　把手螺钉在场景中的位置

5.3　创建文本贴图

1) 单击创建，选择几何体中的Box，在Top视图中创建一个立方体作为文本的标牌，并命名为"标牌"。立方体的参数设置如图5-28所示。

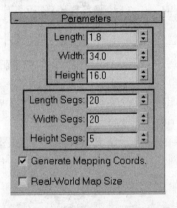

图5-28　立方体文本标牌的参数设置

将立方体文本标牌的位置调整为 ⊕ X: 0.0　Y: -46.2　Z: 50.0 ，此时文本标牌在视图中的位置如图5-29所示。

2) 将立方体文本标牌转换为Editable Poly（可编辑的多边形）。

3) 进入可编辑的多边形的Polygon（多边形）子层级。

4) 用选择工具 在Front视图中用鼠标拖动框选如图5-30所示的多边形。

5) 在编辑多边形 Edit Polygons 卷帘窗中单击选择Extrude右边的Setting（设置）□，凸出参数的设置如图5-31所示。

6) 退出可编辑的多边形的Polygon子层级，对文本标牌添加Bend（弯曲）编辑器，其弯曲参数的设置如图5-32所示。

经弯曲后的文本标牌在视图中的效果如图5-33所示。

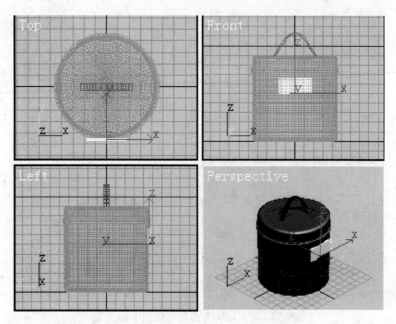

图5-29　立方体文本标牌在视图中的位置

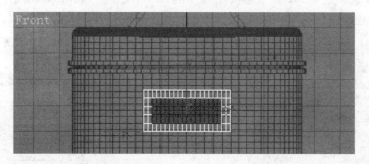

图5-30　文本标牌上应选中的多边形

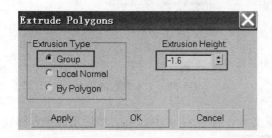

图5-31　立方体文本标牌多边形凸出参数的设置

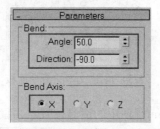

图5-32　文本标牌弯曲参数的设置

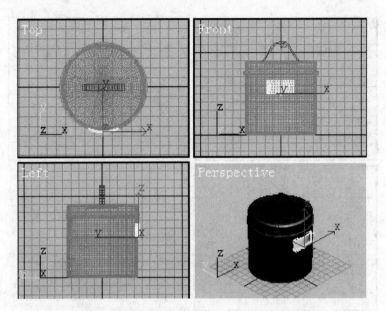

图5-33　文本标牌弯曲后在视图中的效果

7) 单击创建 ，选中Shapes（形状） 中的Text（文本），如图5-34所示。
在文本参数 rameters 　　　　卷帘窗中设置参数，如图5-35所示。

图5-34　创建文本的命令面板

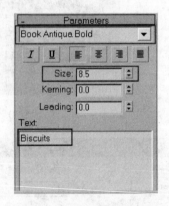

图5-35　文本参数的设置

在Front视图中的适当位置单击鼠标一次放置文本，并命名为Biscuits，然后用选择和移动
工具 将文本的位置移动到 X 0.0　　Y -46.8　　Z 56.0　　。

8) 给文本添加一个Bend编辑器，弯曲的参数设置如图5-36所示。

9) 对文本添加一个Extrude编辑器，凸出的参数设置如图5-37所示。
文本凸出后饼干桶的模型如图5-38所示。

图5-36 文本弯曲参数的设置   图5-37 文本凸出参数的设置

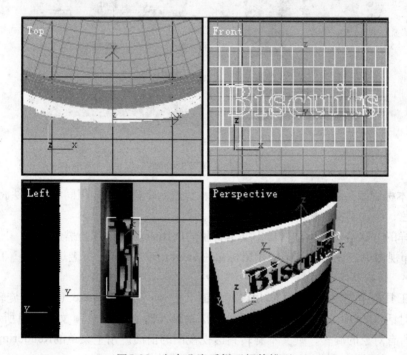

图5-38 文本凸出后饼干桶的模型

5.4 添加材质及方位调整

1) 给饼干桶、把手和螺钉添加材质。按快捷键M，或在主工具条中单击Material Editor（材质编辑器）， 在弹出的材质编辑器中任选一个样本球，在Blinn基本参数 Blinn Basic Parameters 卷帘窗中，单击漫散射 Diffuse: 右侧的颜色样本，如图5-39所示。

在弹出的漫散射颜色选择器中选择需要的颜色，本实例中选择的颜色是（R=196、G=171、B=32），如图5-40所示。

选中饼干桶，单击给选择对象赋材质 按钮，将材质添加到饼干桶上。

用同样的方法给把手和螺钉添加其他颜色的材质。

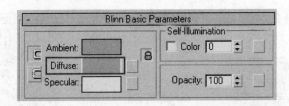

图5-39　Blinn材质基本参数卷帘窗中的漫散射颜色样本

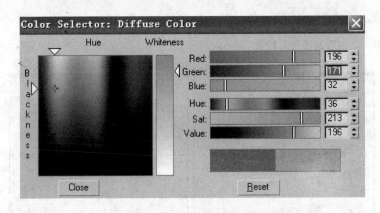

图5-40　颜色选择器中的颜色选择

2) 给文本标牌添加材质，在材质编辑器中，另选一个样本球，用同样的方法将Diffuse的颜色改变为白色，添加到文本标牌上。

3) 用同样的方法给文本添加材质，文本材质的Diffuse颜色设置为黑色。

4) 在Top视图中，在主工具条中用鼠标单击Select by Name（据名选择）工具，选择所有的对象。

5) 在主工具条中先用鼠标单击再用鼠标右键单击Select and Rotate（选择和旋转）工具，在旋转键入对话框的Off:Screen（相对屏幕）的Z轴输入框中输入−45，如图5-41所示。

经过对所有对象的旋转，则文本旋转到透视视图的前面。用主菜单的Rendering（渲染）中的Environment（环境）子菜单，将场景背景色设置成为白色。

6) 渲染后的饼干桶如图5-42所示。

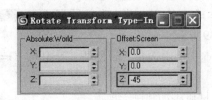

图5-41　旋转键入对话框

图5-42　饼干桶的渲染效果图

5.5　小结

　　本章中涉及Editable Polygon（可编辑多边形）的Polygon（多边形）编辑，Editable Spline（可编辑的样条曲线）的边和顶点编辑，这些操作均需要读者仔细选择所编辑的多边形、边或顶点，以便达到较好的编辑效果。

　　对文本标牌和文本的定位，则需要进行定位计算，以便得出准确的定位坐标。而对文本标牌和文本的Bend（弯曲），需要调试弯曲的角度和方向，才可以达到较好的效果。

习题5

1. Chamfer Cylinder（倒角圆柱体）参数中Fillet的含义是什么？
2. 凸出多边形对话框中的Local Normal是什么含义？
3. 同时选择多个对象时，一般用什么方法选择比较合适？
4. 哪些参数控制Shape（形状）工具创建的对象的渲染可见和视图可见？
5. 文本工具创建的文本，其默认的设置是渲染可见吗？有几种方法可以使文本成为渲染可见，其效果是否一样？
6. 如何对场景中的对象进行精确定位？
7. 制作如图5-43所示的碳粉瓶。
8. 制作如图5-44所示的宝莲灯。

图5-43　碳粉瓶

图5-44　宝莲灯

第6章 饮 料 杯

本章学习内容

- 倒角圆柱体 (Chamfer Cylinder)
- 圆柱体 (Cylinder)
- 软管 (Hose)
- 斜角 (Bevel)
- 凸出 (Extrude)
- 线 (Line)
- 圆形选区 (Circular Selection Region)
- 快速光滑 (Turbo Smooth) 编辑器
- 锥化 (Taper)
- UVW贴图坐标 (UVW MAP)
- 弯曲 (Bend)
- 材质贴图
- 天空灯 (Skylight)

6.1 创建杯体

1) 在Top视图中创建一个Chamfer Cylinder (倒角圆柱体), 命名为"杯体", 其参数设置如图6-1所示。

选中杯体, 用选择和移动工具 ⊕ 将杯体移动到 ⊞ X 0.0 ⊞ Y -0.0 ⊞ Z 90.0 ⊞ 的位置, 使杯体位于坐标系的中心。此时杯体在视图中的位置如图6-2所示。

2) 对杯体添加Taper (锥化) 编辑器。在控制面板的编辑器列表 Modifier List ▾ 下拉框中选择Taper, 给杯体添加一个锥化编辑器。锥化的参数设置如图6-3所示。

添加锥化后的杯体模型如图6-4所示。

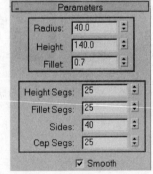

图6-1 杯体倒角圆柱体的参数设置

3) 对杯体添加UVW Map贴图坐标。在控制面板的编辑器列表 Modifier List ▾ 下拉框中选择UVW MAP贴图坐标系。在参数 Parameters 卷帘窗中选择圆柱的 Cylindrical , 如图6-5所示。

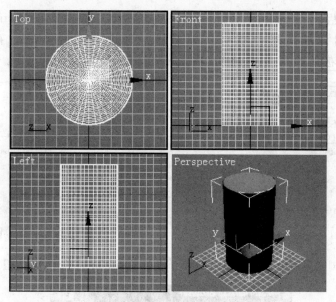

图6-2　杯体在视图中的位置

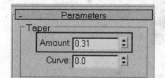

图6-3　杯体锥化参数的设置

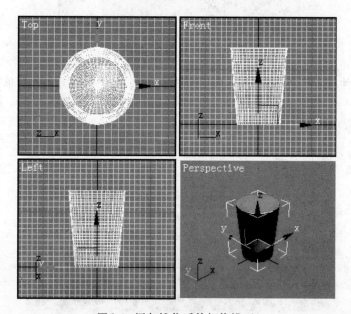

图6-4　添加锥化后的杯体模型

4) 对杯体添加贴图。选中杯体，按快捷键M，或在主工具条中单击Material Editor（材质编辑器） 打开材质编辑器，在材质编辑器中任选一个样本球，在Blinn基本参数 Blinn Basic Parameters 卷帘窗中，单击 Diffuse: 右侧的贴图按钮 ，如图6-6所示。

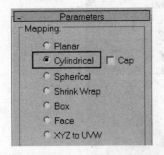

图6-5　贴图坐标系的参数设置

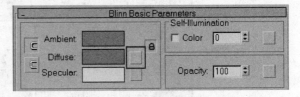

图6-6　Diffuse贴图按钮

在弹出的贴图浏览器对话框中，双击Bitmap或单击Bitmap后单击OK按钮，如图6-7所示。

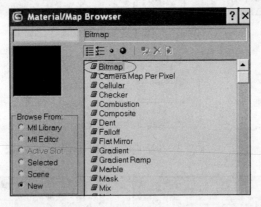

图6-7　Bitmap（材质贴图）选择框

在选择贴图文件对话框中，选择杯体所用的贴图文件，如图6-8所示，然后单击"打开"按钮。

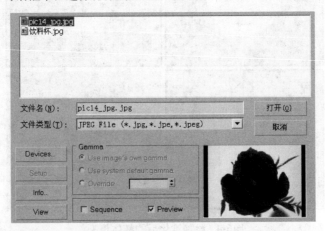

图6-8　材质贴图文件选择对话框

则材质编辑器中选中的样本球上显示出了选定的材质，如图6-9所示。

用鼠标单击给选中的对象赋材质按钮 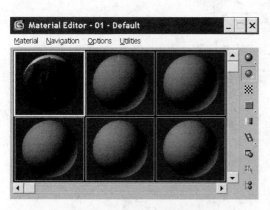，将材质添加到杯体上，再单击Show Map in Viewport（在视图中显示贴图）按钮 ，则材质在场景中显示了出来，加上材质后的杯体如图6-10所示。

图6-9 样本球显示出选定的贴图材质

图6-10 添加材质后杯体在场景中的效果

由于贴图中只有一朵花，所以默认的设置杯体上也只有一朵花。如果要使杯体上有横向排列的三朵花，可以在材质编辑器的Coordinates（坐标系）卷帘窗中，将U向的Tiling（平铺）选项设置为3.0，如图6-11所示。

设置Tiling参数后场景中的杯体如图6-12所示，杯体上已有了三朵花。

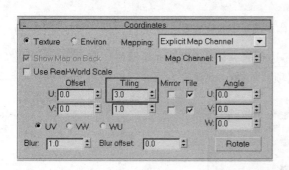

图6-11 坐标系卷帘窗中的Tiling（平铺）参数设置

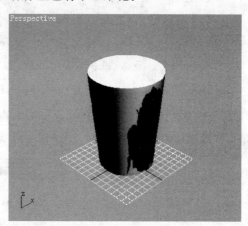

图6-12 Tiling参数设置后杯体上的花朵

6.2 创建杯盖

1）在Top视图中创建一个Cylinder（圆柱体），并命名为杯盖。杯盖圆柱体的参数设置如图6-13所示。

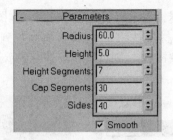

图6-13　杯盖圆柱体的参数设置

将杯盖的位置调整为 X 0.0 Y 0.0 Z 140.0 ，此时杯体和杯盖在场景中的位置如图6-14所示。

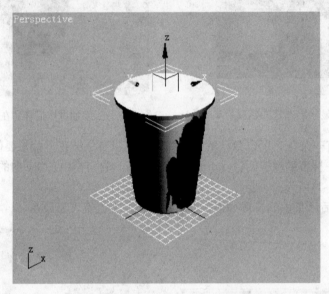

图6-14　杯盖和杯体在场景中的位置

2) 将杯盖转换为Editable Poly（可编辑的多边形）并进入Polygon子层级，在 Selection 卷帘窗中选中Ignore Backfacing（忽略背面）选项，如图6-15所示。

图6-15　选择卷帘窗中的Ignore Backfacing选项

3）对杯盖添加Bevel（斜角）编辑器。在主工具条上选择Circular Selection Region（圆形选区）⚙，在Front视图中以选择工具 ⬉ 从杯盖圆柱体的中心开始拖动鼠标，直到要选择的多边形都在圆形选区内松开鼠标，则被选中的多边形变成了红色，如图6-16所示。

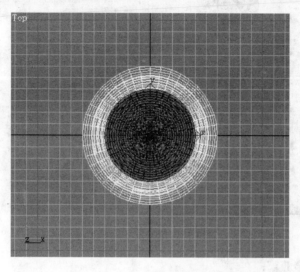

图6-16　杯盖上选中的多边形区域

在编辑多边形 Edit Polygons 卷帘窗中单击斜角 Bevel 右侧的设置按钮 ▫，如图6-17所示。在出现的对话框中进行参数设置，如图6-18所示，然后单击OK按钮关闭对话框。

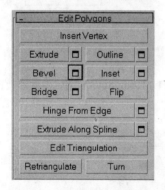

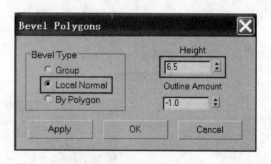

图6-17　编辑多边形卷帘窗中的Bevel设置按钮　　图6-18　Bevel Polygons（斜角多边形）对话框

此时杯盖及杯体模型如图6-19所示。

4）为杯盖添加Turbo Smooth（快速光滑）编辑器。退出Polygon子层级并选中杯盖，在控制面板的编辑器列表 Modifier List 中选择Turbo Smooth编辑器，则该编辑器添加到了杯盖上。杯盖的编辑堆栈如图6-20所示。

在 TurboSmooth 卷帘窗中设置参数，如图6-21所示。

此时杯盖及杯体的模型如图6-22所示。

图6-19 杯盖及杯体模型

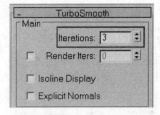

图6-20 为杯盖添加Turbo Smooth编辑器　　　　图6-21 Turbo Smooth编辑器的参数设置
　　　　后的编辑堆栈

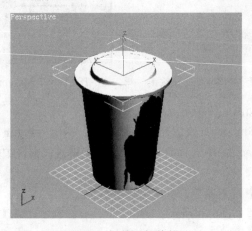

图6-22 杯盖及杯体模型

6.3　创建吸管

1）在Top视图中创建一个软管（Hose）。在控制面板中，单击Create（创建）![icon]，选择Geometry（几何体）![icon]，在标准体元 Standard Primitives ▾ 下拉框中选择Extended Primitives（扩充体元）。在扩充体元对象类型卷帘窗中选中Hose（软管），如图6-23所示。

在Top视图中创建一个Hose，命名为"吸管"。在编辑![icon]的Parameters卷帘窗中，先将Hose Shape（软管形状）选择为Round Hose（圆形），并将直径和边数分别设置如图6-24所示。

再将软管的Height（高度）、Segments（段数）以及Flex（弯曲）部分的Starts（起点）、Ends（终点）、圈数和直径等参数进行如图6-25所示的设置。

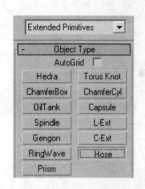
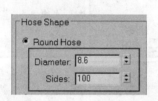
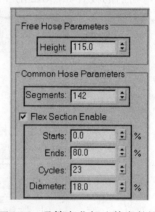

图6-23　扩充体元对象类型　　　图6-24　吸管形状参数的设置　　图6-25　吸管弯曲部分的参数设置
　　　　　卷帘窗中的Hose

将吸管的位置调整为 ⊞ X 0.0　Y 0.0　Z 148.0 ，此时吸管在场景中的位置如图6-26所示。

图6-26　吸管在场景中的位置

2) 为吸管添加Bend (弯曲) 编辑器, 弯曲参数的设置如图6-27所示。

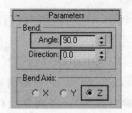

图6-27 吸管弯曲参数的设置

弯曲后的吸管如图6-28所示。

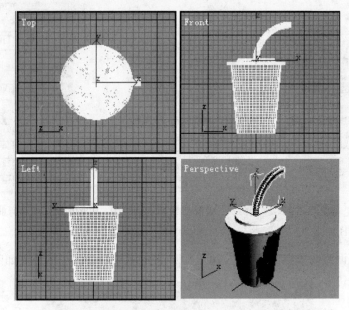

图6-28 吸管弯曲后在场景中的效果

6.4 创建吸管的管帽

1) 在Left视图中创建一个圆柱体, 并命名为"管帽"。管帽的参数设置如图6-29所示。

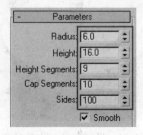

图6-29 管帽的参数设置

将管帽的位置调整为 ⊞ X 82.0 ⇕ Y 0.0 ⇕ Z 221.0 ⇕ ，管帽在场景中的位置如图6-30所示。

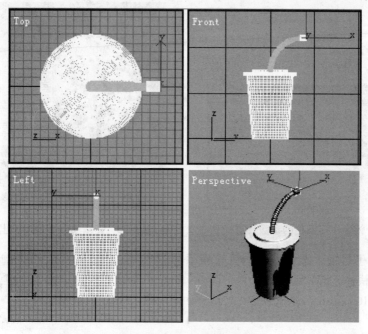

图6-30　管帽在场景中的位置

2) 对管帽进行编辑。将管帽转换为Editable Poly（可编辑的多边形）并进入Polygon█子层级，在Front视图中以选择工具 ▷ 从圆柱体的左上方开始拖动鼠标，画出选择矩形框将要选择的多边形框在内部，松开鼠标后，选中的多边形变成了红色显示，如图6-31所示。

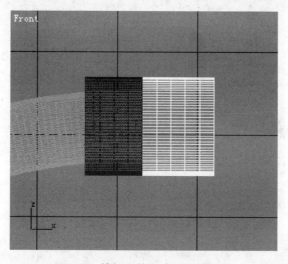

图6-31　管帽上的多边形选中区域

对选中的多边形进行凸出，凸出的参数设置如图6-32所示。

凸出后的管帽如图6-33所示。

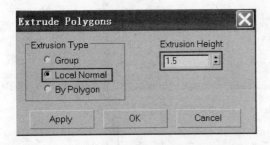

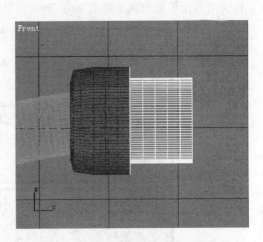

图6-32　管帽多边形凸出的参数设置　　　　图6-33　管帽选中多边形凸出后的效果

　　退出多边形子层级，选中管帽，对管帽添加一个Turbo Smooth（快速光滑）编辑器，并在Turbo Smooth卷帘窗中设置其Iterations（迭代次数）为3，如图6-34所示。

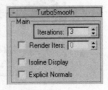

图6-34　Turbo Smooth卷帘窗中Iterations（迭代次数）的设置

　　添加Turbo Smooth编辑器后，管帽的效果如图6-35所示。

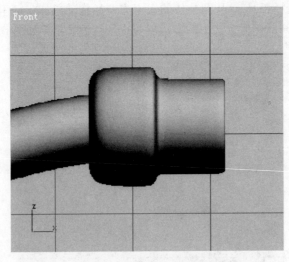

图6-35　添加Turbo Smooth后管帽的效果图

6.5　创建管帽拉线

　　单击创建 ，选择Shapes（形状） ，选中Line（线条）工具如图6-36所示。

图6-36 创建线条的命令面板

在Front视图中创建线段如图6-37所示，并命名为"管帽拉线"。

如果管帽拉线绘制得效果不好，可以进入其Vertex（顶点）子层级，然后选中管帽中间的那个顶点，用主工具条上的选择和移动工具 ✛ ，移动并调整该顶点的切线，如图6-38所示，直到拉线的效果满意为止。

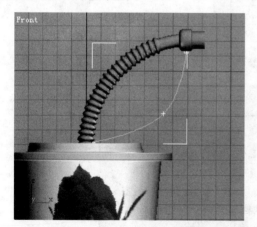

图6-37 管帽拉线在Front视图中的位置

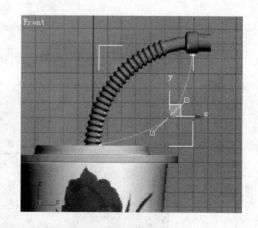

图6-38 调整管帽拉线示意图

在管帽拉线的Interpolation（插值）卷帘窗中，将其Steps（步长）设置为36，如图6-39所示。

再在管帽拉线的渲染 Rendering 卷帘窗中，设置其参数如图6-40所示。

至此，饮料杯的建模及材质已全部完成，饮料杯的效果如图6-41所示。

图6-39　管帽拉线插值步长参数的设置

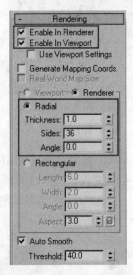

图6-40　管帽拉线Rendering（渲染）卷帘窗的参数设置

图6-41　完成后的饮料杯在场景中的效果图

6.6 添加天空光

单击创建 ，选中Lights（灯光） ，在对象类型 Object Type 卷帘窗中选择天空光 Skylight ，如图6-42所示。

在Top视图中单击创建一个Skylight，其位置并不影响灯光的效果。在天空光的参数 Skylight Parameters 卷帘窗中将其参数设置为如图6-43所示。

图6-42 创建灯光的命令面板   图6-43 Skylight的参数设置

选择主菜单Rendering（渲染）下的Render（渲染）子菜单，打开Render Scene（渲染场景）对话框。在渲染场景对话框中选择Advanced Lighting（高级灯光）选项标签，在Select Advanced Lighting（选择高级灯光）卷帘窗中，选择Radiosity（光能传递），如图6-44所示。

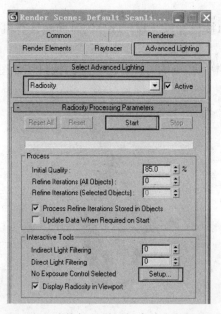

图6-44 渲染场景对话框中的参数设置

在图6-44中，首先单击Setup按钮打开Environment and Effects（环境与效果）设置对话框，如图6-45所示。

在该对话框的Exposure Control卷帘窗的下拉列表中选择Logarithmic Exposure Control（对数曝光控制），如图6-46所示。

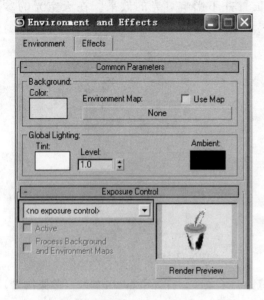

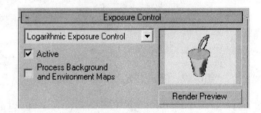

图6-45　Environment and Effects　　　　图6-46　Environment and Effects（环境与效果）
（环境与效果）对话框　　　　　　　　　　对话框中的曝光控制选择

然后单击图6-44中的Start按钮进行计算，计算的时间随计算机的速度不同而不同，计算完毕后即可渲染Perspective视图。

添加Skylight后会极大地增加渲染的时间，渲染后的饮料杯如图6-47所示。

图6-47　添加Skylight后饮料杯的渲染效果图

6.7　小结

本章饮料杯的杯体是由ChamferCyl（倒角圆柱体）经Taper（锥化）得到的效果，其实也可以使用Cone（圆台）制作杯体，读者不妨可以试一下。本章涉及两个新的创建对象，一个是Hose（软管），另一个是Skylight（天空光）。Hose有两种类型，且需要设置的参数较多，本章使用的是Free Hose（自由软管）。还有一种Bound to Object Pivots（绑定软管），可以将这种软管的两端分别绑定到两个对象上。Skylight（天空光）的参数调整比较复杂，但会取得比较理想的光照效果，但这也大大地增加了渲染的时间。

习题6

1. Taper（锥化）参数中的Curve（曲线）含义是什么？
2. 图片以材质的方式贴到对象上，如何调整贴到对象上的图片的图案数量？
3. 材质添加到对象上后，如何删除添加上的材质，并使对象恢复原来的颜色等参数？
4. 为什么要添加贴图坐标？贴图坐标的作用是什么？
5. Line（线）的Interpolation（插值）及Step（步长）的作用是什么？其数值的大小对线有什么影响？
6. 添加Skylight（天空光）后改变哪个参数将极大地影响到渲染的时间？
7. 制作如图6-48所示的灯笼。
8. 制作如图6-49所示的冰激凌。

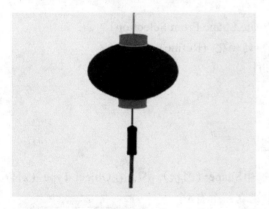

图6-48　灯笼

图6-49　冰激凌

第 7 章 雨 伞

本章学习内容

- 星形（Star）
- 凸出（Extrude）
- 锥化（Taper）
- 锥化的曲线（Curve）参数
- 双面显示（Force 2-Sided）
- 双面材质（Double Sided）
- 贴图坐标（UVW Mapping）
- 指定材质给选中对象（Assign Material to Selection）
- 向上一级（Go to Parent）
- 向同一级（Go Forward to Sibling）
- 照相机（Camera）
- 平面图形（Shape）的渲染（Rendering）与视图（Viewport）显示设置
- 循环（Loop）
- 通过选择对象创建形状（Create Shape From Selection）
- 编辑样条曲线（Edit Spline）的细化（Refine）
- 保存（Hold）和取回（Fetch）
- 镜像（Mirror）
- 分离（Detach）

7.1 星形建立雨伞基本模型

1）单击Create（创建）🖑，选中Shape（形状）⟲，在Object Type（对象类型）中选择Star，在Top视图中建立一个有8个顶点的星形曲线，并命名为"伞面"。伞面星形的参数设置如图7-1所示。

用选择和移动工具 ✥ 将伞面的位置调整为 ⊡×0.0 Y0.0 Z0.0 ，则伞面星形在场景中的方位如图7-2所示。

2）对伞面添加Extrude（凸出）编辑器。选中伞面，在编辑器列表 Modifier List 中选择Extrude（凸出），凸出的Amount（数值）设置为

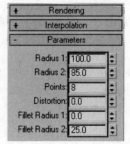

图7-1 星形的参数设置

42，将Segments（段数）设置为5，如图7-3所示。

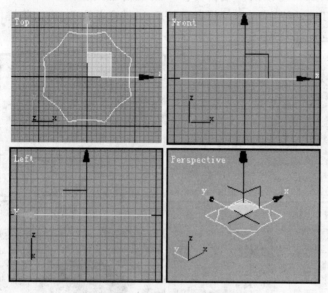

图7-2　伞面星形在场景中的方位

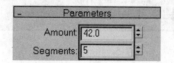

图7-3　伞面凸出数值的设置

凸出后的伞面如图7-4所示。

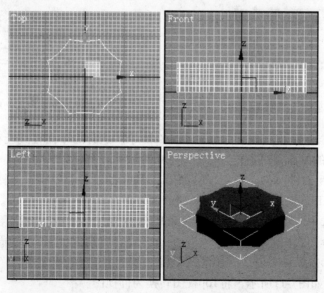

图7-4　凸出后的伞面

3) 给伞面添加Taper（锥化）编辑器。单击编辑器列表 `Modifier List` 右侧的黑色箭头 ▼，按键盘上的T键，找到Taper编辑器，按Enter键或单击Taper，将锥化数值Amount设置为-1。锥化后的伞面如图7-5所示。

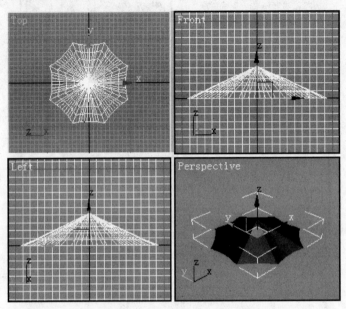

图7-5　锥化后的伞面

在选中伞面的情况下，单击Modify（编辑）![icon]，在编辑器堆栈中，单击Taper，如图7-6所示。在Taper的Parameters（参数）卷帘窗中，将Curve（曲线）由0改为0.6，如图7-7所示。

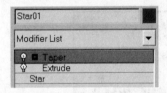

图7-6　星形的编辑堆栈

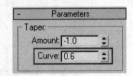

图7-7　Taper参数卷帘窗中的Curve参数设置

当锥化的曲线参数等于0.6时，伞面如图7-8a所示。这时的伞面棱线已有了较明显的弧状，而曲线参数等于0时的伞面棱线是直线，如图7-8b所示。

4) 选中伞面，用右键单击，在出现的如图7-9所示的右键菜单中，选择Convert To（转换为） `Convert To: ▶` 中Editable Polygon（可编辑的多边形） `Convert to Editable Poly` 。

在编辑堆栈中选中Editable Poly，并选择Polygon子层级，如图7-10所示。

为了方便选中伞面底面的多边形，先激活Top视图，再按键盘上的B键或将鼠标光标放在视图的名称如Top上单击鼠标右键，在出现的右键选择框中的Views（视图）下一级菜单中选择Bottom（仰视图），如图7-11所示，将Top视图转换为仰视图。

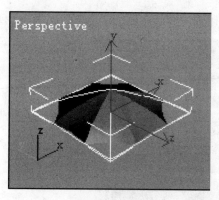

a) Curve为0.6时

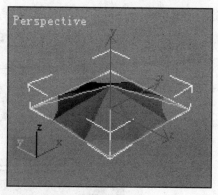

b) Curve为0时

图7-8　锥化的Curve参数对伞面的影响

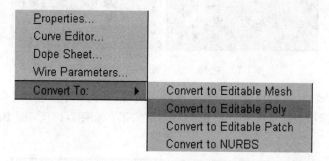

图7-9　右键菜单

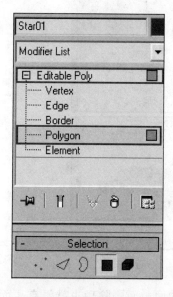

图7-10　可编辑多边形的Polygon子层级

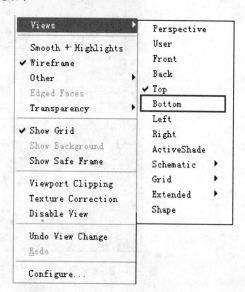

图7-11　选择仰视图

这时在Bottom视图的伞面内部单击鼠标，即可正确选中伞面底面的多边形，如图7-12所示。

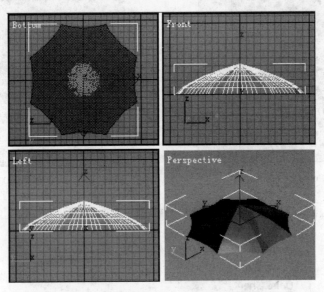

图7-12　选择伞面底面多边形后的视图

按键盘上的Delete（删除）键，删除伞面底面的多边形。现在已形成伞面的基本形状，但当伞面底面的多边形被删除后，则底面变为不可见的了。如图7-13所示的Bottom视图中的底面已成为不可见的了。

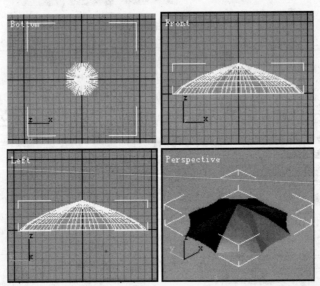

图7-13　删除伞面底面多边形后底面在Bottom视图中不可见示意图

这是因为3DS MAX创建的面只能看到法线正向的面，面删除后也就没有了面的法线，所以就看不见面了。为了要使伞的上表面的反正（上下）面在视图中均可见，可以选择强迫Force 2-Sided（双面显示）选项。选择该选项的方法是将鼠标光标放在一个视图名称上，例如Front视图上，按鼠标右键，在出现的右键选择框中的底部，选择设置Configure，在弹出的Viewport Configuration（视图设置）对话框的Rendering Method（渲染方法）选项卡中选中Force 2-Sided，如图7-14所示。

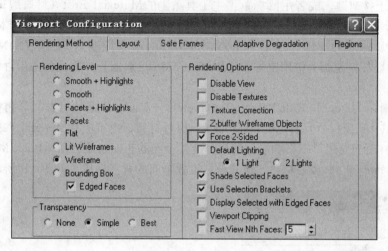

图7-14　Viewport Configuration（视图设置）对话框中的Force 2-Sided（强迫双面显示）选项

　　选中该选项后，在可编辑多边形的多边形子层级下，伞面的底面就显示出来了，如图7-15所示。

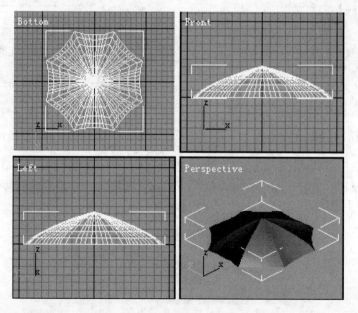

图7-15　Force 2-Sided（强迫双面显示）的伞面底面

7.2 伞面材质的制作与添加

尽管设置成为双面显示，可以在视图中看到一个面的两面，但渲染时面的负法线方向还是不可见的。为了使面的两个方向渲染时均可见，就必须为该对象添加Double Sided（双面）材质。

1) 在键盘上按M键，或者用鼠标单击主工具条上的Material Edit（材质编辑器） ，打开材质编辑器，选择材质编辑器的第一个（也可以是其他的）Sample Slot（样本球），在材质名称框中给材质命名为伞面，然后单击右侧的Standard（标准），在出现的Material/Map Browser（材质贴图浏览器）中用鼠标双击Double Sided（双面）材质或单击后再单击OK按钮，如图7-16所示。

在材质编辑器的Double Sided Basic Parameters（双面材质基本参数）卷帘窗中分别单击Facing Material（正面材质）右边的Material #1（1号材质，也可能是Material #2……，根据前面是否设置过材质而变化，不影响操作结果）设置伞面的正面材质，单击Back Material（背面材质）右边的Material #2（2号材质，或其他）设置伞面的背面材质，如图7-17所示。

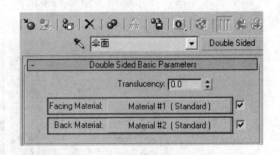

图7-16 材质贴图浏览器   图7-17 双面材质的正面和背面材质设置

伞的正面材质用布料贴图，其设置方法是在Facing Material右边的1号材质后的Blinn Basic Parameters（Blinn基本参数）卷帘窗中，单击Diffuse（漫散射）右边的贴图按钮 ，如图7-18所示。

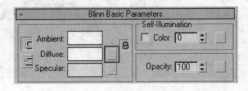

图7-18 Blinn Basic Parameters（Blinn基本参数）设置

在出现的材质贴图浏览器中用鼠标双击Bitmap（贴图），如图7-19所示。

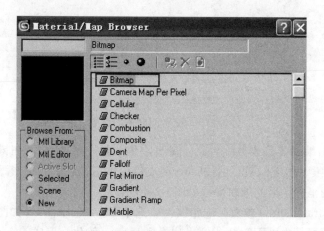

图7-19　选择贴图

然后找到需要的贴图文件，单击"打开"按钮，如图7-20所示。

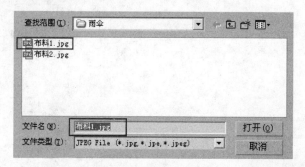

图7-20　选择贴图文件

伞面正面的材质设置好后，在材质编辑器中用鼠标单击Go to Parent（向上一级），如图7-21所示。

图7-21　材质编辑器Go to Parent（向上一级）的位置

然后再单击Go Forward to Sibling（转向同一级），如图7-22所示。

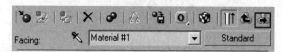

图7-22　Go Forward to Sibling（转向同一级）的位置

将伞面背面的颜色设置成黄色，如图7-23所示。

2）由于伞面正面的材质使用了贴图，为了使伞面获得正确的贴图，必须给伞面添加UVW Mapping（贴图坐标）。

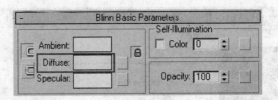

图7-23 伞面背面颜色的设置

选中伞面，单击编辑器列表 Modifier List 右侧的黑色箭头 ▼，在键盘上按U键，找到 UVW Mapping（三维贴图坐标系）后按Enter键或鼠标单击，则伞面星形添加上了三维贴图坐标系。添加三维贴图坐标系后的编辑堆栈如图7-24所示。

在三维贴图的Parameters（参数）卷帘窗中，选中Planar（平面），如图7-25所示，选择平面坐标贴图是因为伞面是由平面Extrude（凸出）和Taper（锥化）形成的。

图7-24 添加UVW Mapping（三维贴图   图7-25 三维贴图坐标系的Parameters卷帘窗
       坐标系）后的编辑堆栈

3）完成贴图、颜色及贴图坐标的设置后，单击Assign Material to Selection（指定材质给选中对象） ，则伞面添加上了所设置的双面材质，其正面为花布，背面为黄色。图7-26所示为伞面正面的渲染效果图。

图7-26 伞面正面渲染效果图

4）为了看到伞面背面的颜色，需要对伞面调整一定的视角。为了调整的方便，在场景中添加一个照相机，并且切换到照相机视图进行调整。

单击创建，选中Camera（照相机），在对象类型中选择Target（目标），在Front视图中建立一个照相机。用据名选择工具选中照相机，然后单击选择和移动工具，在窗口底部的位置坐标框里设置坐标为 X -210.0　Y 0.0　Z -32.0。然后再选中照相机的Camera Target，将其位置调整为 X -103.0　Y 0.0　Z -7.0。设置好位置参数的照相机在Front视图中的位置如图7-27所示。

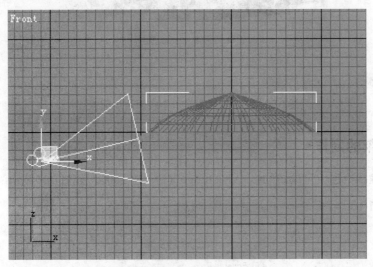

图7-27　照相机在Front视图中的位置

在激活Front视图的情况下，按键盘上的C键，将Front视图切换成照相机视图，如图7-28所示。

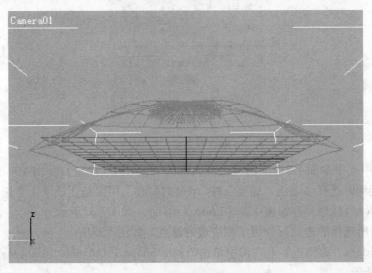

图7-28　照相机视图

渲染照相机视图即可看到伞的背面颜色，如图7-29所示。

图7-29　照相机视图显示伞底面渲染效果图

7.3　雨伞骨架的制作

1) 在编辑堆栈中选中可编辑的多边形的Edge（边）子层级，如图7-30所示。

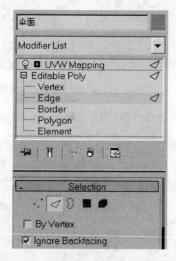

图7-30　可编辑的多边形的Edge子层级

在Top视图中选中伞面上8个上凸棱边最内部的Segment（线段）如图7-31所示。在选择边的时候，为了能同时选择多条边，需要在按Ctrl键的同时，用鼠标逐条单击要选择的边。

2) 在Selection（选择）卷帘窗中单击Loop（循环），如图7-32所示。

单击循环后所选择的边就延伸到了相应边的端点，如图7-33所示。

3) 在Edit Edges（编辑边）卷帘窗中单击Create Shape From Selection（从选择对象创建形状），如图7-34所示。

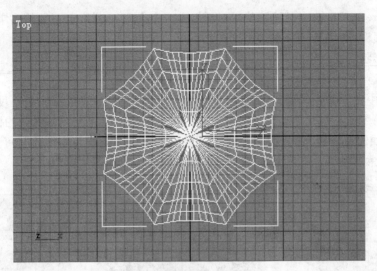

图7-31　选择多条边

图7-32　Selection卷帘窗中的循环（Loop）

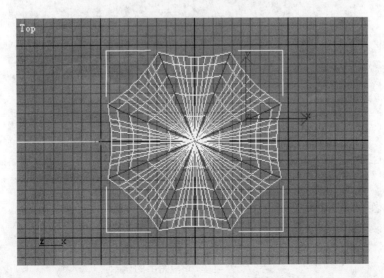

图7-33　循环（Loop）后所选择的边

在弹出的Create Shape（创建形状）对话框中，命名Curve Name（曲线名字）为骨架，并保留默认的选项Shape Type（形状类型）为Smooth（光滑），如图7-35所示。

使用创建形状功能创建的骨架，就作为一个Object（物体）存在于场景中，如同用其他方法创建的物体或对象一样。

3DS MAX中由Shape（形状）工具创建的对象其默认的设置在渲染时是不可见的，并且线的粗细也是不可变的。如果要使形状工具创建的对象在渲染时可见，并且线的粗细可以改变，则需要为其作如图7-36所示的设置。其中的Enable In Renderer为使渲染时可见，Enable In Viewport为使在视图中可见（即线的粗细变化可见），Thickness为线的粗度。

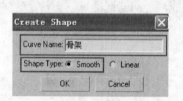

图7-34　Edit Edges卷帘窗　　　图7-35　Create Shape对话框　　　图7-36　Shape对象的渲染
卷帘窗参数设置

完成如图7-36所示的渲染参数设置后的骨架在Top视图中的显示如图7-37所示。对于骨架颜色的设置，既可以用赋材质的方法，也可以用改变对象颜色的方法。

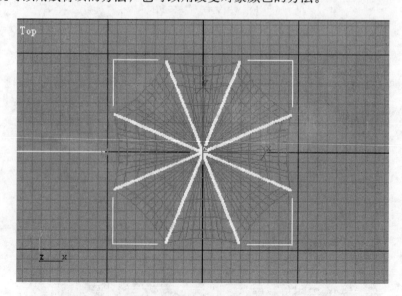

图7-37　骨架在Top视图中的显示

7.4　伞支架的制作

为了下一步选择边的时候清晰可见，先将伞面星形由原来的红色改为青色，改变的方法是先选中伞面，在命令面板的Name and Color（名字和颜色）卷帘窗中做改变，如图7-38所示。

选中骨架，在编辑堆栈中选中Editable Spline（可编辑的样条曲线）的Segment子层级，如图7-39所示。

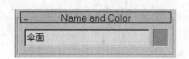

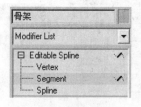

图7-38　对象名字和颜色卷帘窗　　　　　　图7-39　可编辑样条曲线的线段子层级

用与上一节相同的方法选中如图7-40所示的线段。

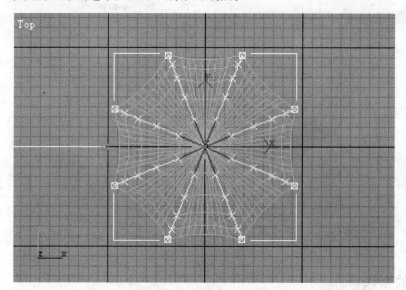

图7-40　选择制作支架的线段

在Geometry（几何体）卷帘窗中的底部，选中Copy（复制）后单击Detach（分离），如图7-41所示。

在弹出的Detach对话框中，命名Detach as（分离为）为支架，如图7-42所示。

选中分离出来的支架，在菜单栏的Tools（工具）菜单下选择Mirror（镜像），在弹出的Mirror（镜像）对话框中作如图7-43所示的设置。

为了看见伞的支架，将照相机的位置调整为 X -202.0　Y 0.0　Z -61.0 ，再将照相机的目标位置调整为 X -103.0　Y 0.0　Z -15.0 。渲染照相机视图，就可以看到制作的支架了，如图7-44所示。

图7-41　Geometry卷帘窗中
的Copy选项和Detach命令

图7-42　Detach对话框

图7-43　Mirror对话框

图7-44　支架的位置及形状

7.5　伞杆的制作

在键盘上按F键将照相机视图切换成Front视图，用Zoom（缩放） 工具将Front视图作适当的缩小，再用Pan（平移）工具 将Front视图往上平移一定的距离，留出空间以做伞杆。然后单击创建 ，选中Shape ，在Object Type卷帘窗中选择Circle（圆），在Front视图中创建一个圆作为伞杆的把手并命名为伞杆，圆的Radius（半径）设置为18，圆的位置调整为 X 18.0 Y 0.0 Z -100.0 。圆在Front视图中的位置如图7-45所示。

选中伞杆，单击编辑器列表 Modifier List 右侧的黑色箭头 ，找到Edit Spline（编辑样条曲线），按Enter键或用鼠标单击，对伞杆圆形添加一个编辑样条曲线编辑器。在Segment子层级下，选中把手上半圆右边的1/4圆弧，选中后的弧段变成了红色，如图7-46所示。

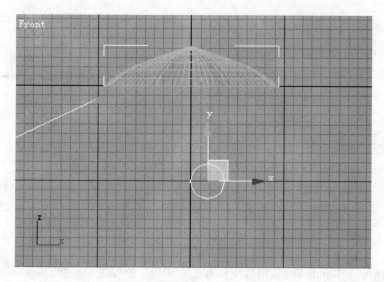

图7-45　伞杆把手在Front视图中的位置

按键盘上的Delete键删除选中的弧段，然后在编辑堆栈的Edit Spline中进入Vertex（顶点）子层级，选中伞把手上半圆顶部的顶点，按鼠标右键，在出现的如图7-47所示的右键菜单中，选择Corner（角）将该顶点转换为一个角点。

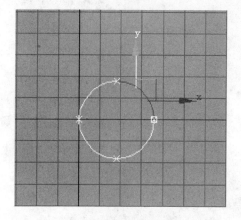

图7-46　圆弧选中后变为红色

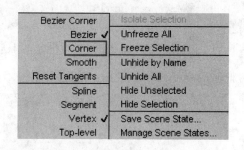

图7-47　选择Corner

用选择和移动工具 ✛ 将该顶点移动到伞面以上一定的距离，如图7-48所示。

为了设置伞杆圆的渲染参数，需要在编辑堆栈中选中Circle，但选中Circle时，将弹出警告对话框，如图7-49所示。这是因为改变Circle参数时将会影响到基于该圆的编辑器，本例中基于该圆的编辑器是Edit Spline。对于该警告，一般是选择Hold/Yes（保存/是），以便操作失误时可以用主菜单的Edit（编辑）菜单中的Fetch（取回）恢复操作前的文件版本。此处的Hold并非存盘保存，而是保存在一个临时区内，只有用Fetch工具才会恢复保存的文件版本。

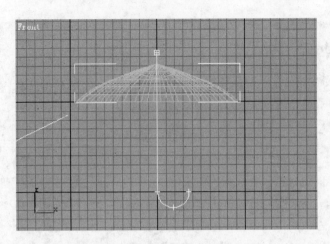

图7-48　伞杆在Front视图中的位置

选中Circle后，在Rendering卷帘窗中作如图7-50所示的设置，并将Thickness（粗度）设置为3。

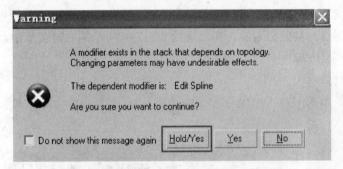

图7-49　编辑器拓扑关系变化警告对话框　　　　图7-50　伞杆渲染卷帘窗的参数设置

此时的伞杆在Front视图中的显示如图7-51所示。

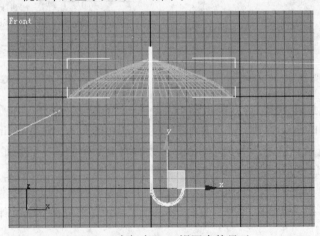

图7-51　伞杆在Front视图中的显示

选中伞杆，进入顶点子层级，在Geometry卷帘窗下单击Refine（细化），如图7-52所示。

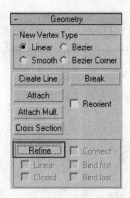

图7-52　Geometry卷帘窗中的Refine

然后在伞杆的上部和下部分别单击鼠标一次添加上两个节点，如图7-53所示。

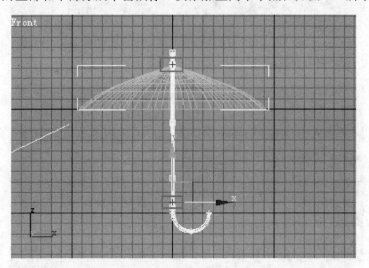

图7-53　在伞杆上添加两个节点的位置

退出顶点子层级，选中伞杆，用鼠标右键单击，在出现的右键菜单中选择Convert to Editable Poly，如图7-54所示。

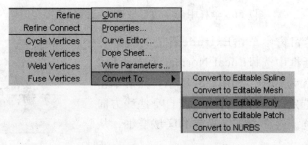

图7-54　选择转换为可编辑的多边形

进入可编辑多边形的多边形子层级，用框选的方法选择伞杆中部的多边形，如图7-55所示。

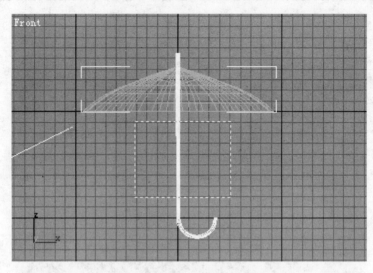

图7-55　框选伞杆中部的多边形示意图

伞杆中部多边形被选中后显示为红色，如图7-56所示。

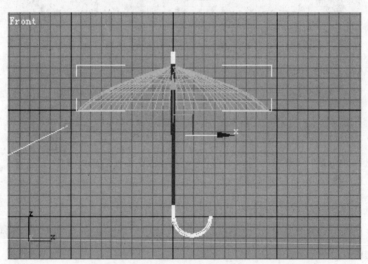

图7-56　伞杆中部多边形被选中后的示意图

在编辑多边形卷帘窗中单击Extrude右侧的设置按钮■，在弹出的对话框中选择Local Normal（局部法线方向），凸出高度设置为−1.0，如图7-57所示，然后单击OK按钮，则伞杆在选定的多边形区域沿着自身法线方向向内压缩了1.0个单位。这样伞杆在指定的区域变细，从而完成了伞杆的制作。

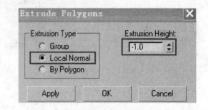

图7-57　伞杆Extrude参数的设置

　　将照相机的位置调整为 ⊞ X -206.0 ⬩ Y -150.0 ⬩ Z -22.0 ⬩ ，再将照相机的目标位置调整为 ⊞ X -80.0 ⬩ Y -52.0 ⬩ Z -22.0 ⬩ ，渲染照相机视图所见到的雨伞效果如图7-58所示。

图7-58　雨伞的最终渲染效果图

7.6　小结

　　雨伞是一个比较复杂的模型，其建模的步骤也比较烦琐。伞面是由平面Star（星形）先经Extrude（凸出），后再添加Taper（锥化）而形成伞面的基本形状。通过Editable Poly（可编辑的多边形）编辑器，选中并删除伞面底部的多边形以形成伞面的形状。添加双面材质完成伞面的制作。

　　伞面骨架的制作是以可编辑的多边形的Edge（边）为基础，通过Loop（循环）和通过Create Shape From Selection（从选择对象创建形状）工具完成伞面骨架的制作。

　　雨伞支架的制作也是以可编辑的多边形为基础，通过Copy（复制）、Detach（分离）和Mirror（镜像）而完成。

　　伞杆是由平面Circle（圆）转换为Edit Spline（编辑样条曲线），删除1/4圆后，编辑Vertex（顶点），拉直另1/4圆而得到伞杆的基本形状。后经Rendering（渲染）与Viewport（视图）显示参数的设置、Refine（细化）及多边形Extrude（凸出）而完成伞杆的制作。

习题7

　　1. 3DS MAX中一共有几种视图？并简要说明其名称及含义。

　　2. 如何给对象添加双面材质？

　　3. Loop（循环）的作用是什么？

　　4. 镜像中的参数Offset是什么含义？

　　5. 线段顶点编辑中的Refine可以实现哪些编辑？

　　6. 当曲线顶点（Vertex）的类型分别为Corner和Bezier Corner时有什么不同？

7. 制作如图7-59所示的扇子。

8. 制作如图7-60所示的汉堡包。

图7-59　扇子

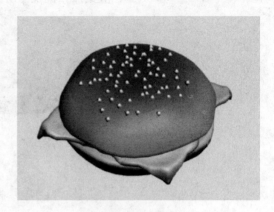

图7-60　汉堡包

第8章 电 池

本章学习内容

- 倒角圆柱体（Chamfer Cylinder）
- 文本（Text）
- 可编辑的多边形（Editable Poly）
- 圆形选区（Circular Selection Region）
- 凸出（Extrude）
- 忽略背面（Ignore Backfacing）
- 旋转（Rotate）
- 弯曲（Bend）
- 反选（Select Invert）
- 编辑器轮廓控制框（Gizmo）
- 天空光（Skylight）

8.1 倒角圆柱体创建电池基本模型

1）在Top视图中创建一个倒角圆柱体，取名字为电池。电池的参数设置如图8-1所示。

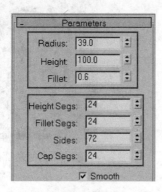

图8-1 电池的参数设置

用Select and Move ✛工具将电池移动到 ⊞ X 0.0   ‡ Y 0.0   ‡ Z 0.0   ‡ 的位置。移动后电池在场景中的位置如图8-2所示。

2）将电池转换为Editable Poly（可编辑的多边形）并进入Polygon子层级。然后在主工具栏上选择Circular Selection Region（圆形选区）▢，在命令面板的Selection（选择）卷帘窗中选中Ignore Backfacing（忽略背面），如图8-3所示。

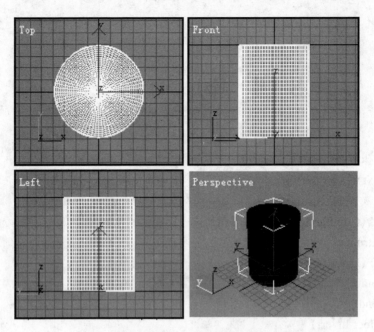

图8-2　电池在场景中的位置

　　在Top视图中，从圆的中心开始拖动鼠标直到电池端部的倒角部位（最外面的1圈不选），松开鼠标，所选择的部分变成了红色，如图8-4所示。

图8-3　Selection（选择）卷帘窗的
Ignore Backfacing选项

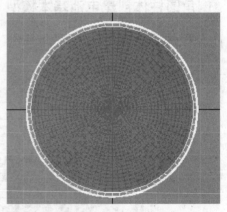

图8-4　电池端部圆形选区选中的部分

　　3）对圆柱体的端部进行Extrude（凸出）形成电池端面的凹陷与凸出。在上一步选中多边形的基础上，将鼠标放在控制面板的空白处，当鼠标光标变成手形🖐时，往上拖动鼠标找到Edit Polygons（编辑多边形）卷帘窗，用鼠标单击凸出 Extrude 右边的设置按钮▢，如图8-5所示。

　　在弹出的如图8-6所示的对话框中，选择凸出的类型为Group（组），在Extrusion Height

（凸出高度）中输入−2.5。

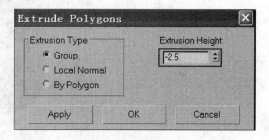

图8-5 编辑多边形卷帘窗中的Extrude   图8-6 Extrude Polygons（凸出多边形）
                                              对话框的参数设置

单击OK按钮后的电池如图8-7所示。

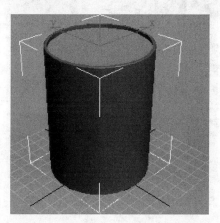

图8-7 经过Extrude（凸出）后的电池

用同样的方法选择电池端部的多边形，如图8-8所示（最外面的4圈不选）。

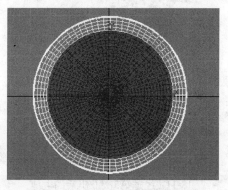

图8-8 第2次选中电池端部的区域

在Extrusion Height中输入2，凸出后的电池如图8-9所示。

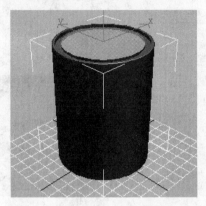

图8-9 经过第2次凸出后的电池

选择电池端部的多边形，如图8-10所示（最外面的6圈不选）。

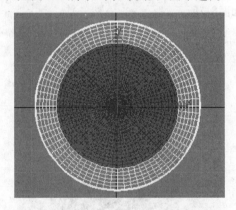

图8-10 第3次选中电池端部的区域

在Extrusion Height中输入0.5，凸出后的电池如图8-11所示。

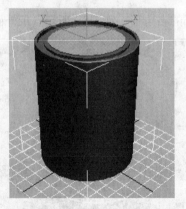

图8-11 经过第3次凸出后的电池

选择电池端部的多边形，如图8-12所示（最外面的8圈不选）。在Extrusion Height中输入0.5。

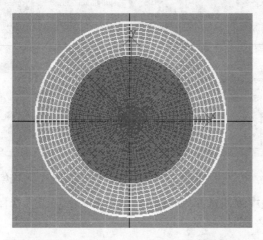

图8-12　第4次选中电池端部的区域

选择电池端部的多边形（最外面的12圈不选）。在Extrusion Height中输入-1。

选择电池端部的多边形（最外面的15圈不选）。在Extrusion Height中输入3.5。现在电池的渲染效果图如图8-13所示。

图8-13　凸出完成后电池的渲染效果图

8.2　给电池添加材质

1）选中电池，在键盘上按快捷键M，或在主工具条中单击Material Editor（材质编辑器）▓▓，单击材质编辑器中的第一个样本球，在Blinn Basic Parameters（Blinn基本参数）卷帘窗中设置参数，如图8-14所示。然后单击Assign Material to Selection（给选择对象赋材质）▓将该材质添加到电池上。

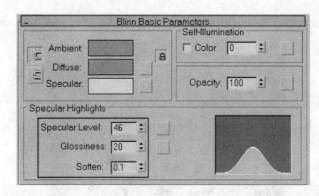

图8-14　Blinn Basic Parameters（Blinn基本参数）设置卷帘窗

2）在电池的编辑堆栈中重新选择Polygon（多边形）子层级，选择电池的多边形区域，如图8-15所示。

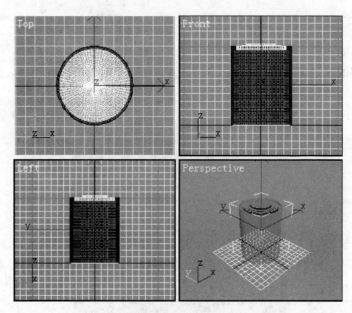

图8-15　选中电池的部分多边形区域

该多边形区域的选择可以先在命令面板的Selection（选择）卷帘窗中去掉选中Ignore Backfacing（忽略背面）选项，再在Top视图中作如图8-4所示的区域选择，并在主工具条的Named Selection Sets（命名选区组）　　　　　框中输入选区名字"电池端面"，按Enter键后就将该选区存了起来，以后可以调出该选区。然后应用菜单Edit（编辑）中的Select Invert（反选）功能实现。

3）选中材质编辑器的第二个样本球，在Blinn Basic Parameters卷帘窗中设置参数如图8-16所示，其中的Diffuse颜色设置为绿色。然后单击给选择对象赋材质按钮　　，将该材质添加到电池的选中多边形上。

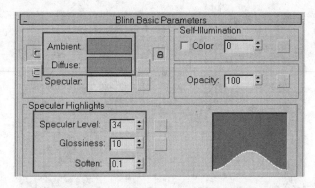

图8-16 Blinn Basic Parameters（Blinn基本参数）卷帘窗

添加绿色材质后的电池如图8-17所示。

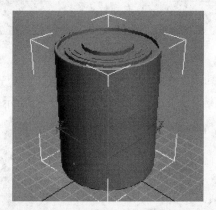

图8-17 添加绿色材质后的电池

4）在主工具栏上单击 电池端面 右侧的下拉箭头，选中电池端面选区重新调出。将Circular Selection Region（圆形选区） 变为Rectangular Selection Region（矩形选区） ，然后按住Ctrl键，在Front视图中框选（用鼠标拖动出一个矩形框）电池的部分多边形如图8-18所示。

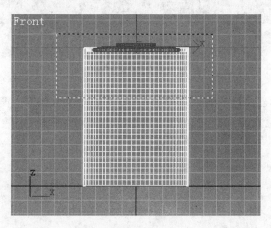

图8-18 框选电池的上部（8行多边形）

此时选中的多边形如图8-19所示。

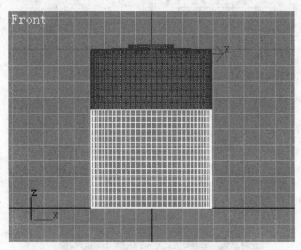

图8-19　框选后选中的多边形

然后应用菜单中Edit（编辑）下的Select Invert（反选）实现选中电池下部表面的多边形，这样可以保证电池底端面不被选中。经反选后的电池如图8-20所示。

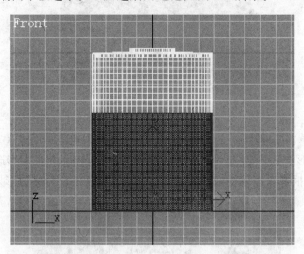

图8-20　反选后电池被选中的多边形区域

选中材质编辑器的第三个样本球，在Blinn Basic Parameters卷帘窗中设置参数，如图8-21所示，其中的Diffuse颜色设置为黑色。然后单击给选择对象赋材质 按钮，将该材质添加到电池的选中多边形上。

添加黑色材质后的电池如图8-22所示。

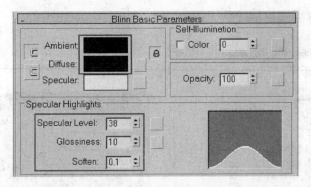

图8-21　Blinn Basic Parameters（Blinn基本参数）卷帘窗

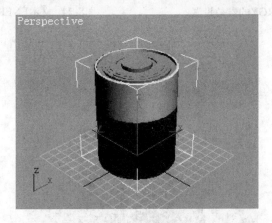

图8-22　添加黑色材质后的电池

8.3　给电池添加文字

1. 创建文本ENERGY

单击创建 ，选中Shape（形状） ，在Object Type（对象类型）中选中Text（文本）。在文本框中输入ENERGY，并将其名称Text01改为ENERGY，然后设置其颜色为白色，其尺寸及字体设置如图8-23所示。

2. 旋转文本ENERGY

在Front视图中单击放置文本，在主工具条中右键单击Rotate（旋转） ，在弹出的如图8-24所示的旋转对话框中设置Absolute:World（绝对坐标）Y轴的值为90.0，将文本顺时针旋转90°。

用选择和移动工具 将文本移动到位置 ⊞ x 0.0　 y -39.0　 z 32.0　 。这时的文本在电池上的位置如图8-25所示。

3. 凸出文本ENERGY

为了使文本在渲染时能够显示出来，需要对文本添加Extrude（凸出）编辑器。其凸出参数的设置如图8-26所示。

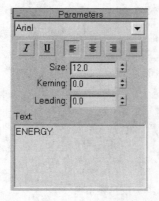

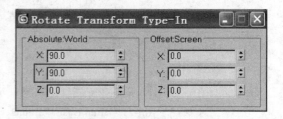

图8-23　文本ENERGY的参数设置　　　　　　图8-24　文本ENERGY的旋转对话框

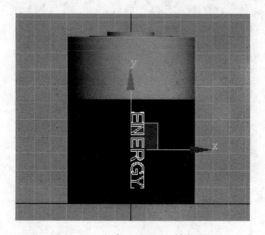

图8-25　文本ENERGY的位置

4. 弯曲文本ENERGY

由于电池是一个圆柱面，必须使文本沿着文字的高度方向弯曲成与圆柱体柱面相同弧度的弧。为了达到这一目的，可以对文本添加一个Bend（弯曲）修改器，并沿文字的高度方向进行弯曲。单击Bend左侧的加号 ■ ，如图8-27所示，展开其下一级子菜单。

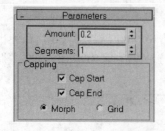

图8-26　文本ENERGY凸出参数的设置　　　　图8-27　文本ENERGY编辑堆栈中的Bend编辑器

为了将Bend（弯曲）的控制框（Gizmo）旋转90°以便使文字沿文字的高度方向弯曲，单击Gizmo进入Gizmo子层级，切换到Front视图，用鼠标右键单击主工具条上的旋转 ↻ ，在弹出的对话框中，将Offset:Screen（相对于屏幕）组里的Z坐标值改为90°，如图8-28所示。

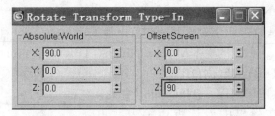

图8-28　文本ENERGY弯曲控制框的旋转

文本Gizmo（控制框）既可以旋转，也可以用Select and Move（选择和移动）工具移动。旋转后Gizmo的位置应为 ⊕ X 0.0　Y -39.0　Z 32.0 ，在Front视图中的位置如图8-29所示。

设置弯曲的Angle（角度）为65.0，Bend Axis（弯曲轴）为X轴，如图8-30所示。

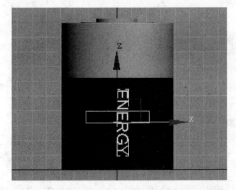

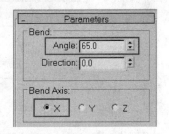

图8-29　文本ENERGY弯曲控制框旋转后的位置　　　图8-30　文本ENERGY的弯曲参数设置

弯曲角度的数值要保证使得弯曲后的文本弧度正好与电池圆柱体弧度相同，如图8-31所示。

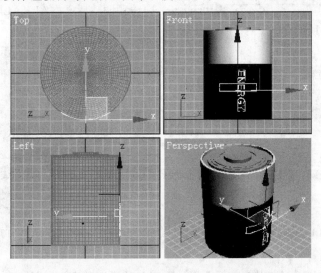

图8-31　文本ENERGY弯曲后在电池上的位置

5. 创建文本ALKALINE BATTERY

为了使文本ALKALINE BATTERY的定位方便准确，应先将电池和文本ENERGY组成一个组，组成一个组的目的是将这两个对象共同绕着电池的中心轴（Top视图的Z轴）逆时针方向（右手坐标系）旋转12°，使创建的文本ALKALINE BATTERY处在Front视图的正前方，以方便对文本ALKALINE BATTERY的定位和弯曲。

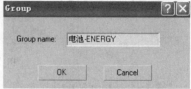

同时选中电池和文本ENERGY，选择Group（主菜单组）中的子菜单Group，在弹出的对话框中输入"电池-ENERGY"作为组名，如图8-32所示。

图8-32　Group对话框

选中组"电池-ENERGY"，在主工具条上将视图坐标系 View 转换为局部坐标系 Local，然后用鼠标右键单击选择和旋转 ，在弹出的旋转变换键入对话框的绝对-局部的Z轴框中输入12，如图8-33所示。旋转完成后将局部坐标系恢复为视图坐标系。

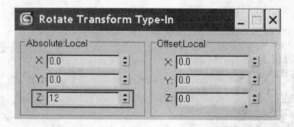

图8-33　"电池-ENERGY"组的旋转角度

在Front视图中创建文本ALKALINE BATTERY，将其颜色设置为白色，其他参数的设置如图8-34所示。

如同旋转文本ENERGY一样，先将文本ALKALINE BATTERY绕Y坐标轴顺时针旋转90°，并将其位置调整为 X 0.0　Y -39.0　Z 32.0 。旋转和调整后文本ALKALINE BATTERY在电池上的位置如图8-35所示。

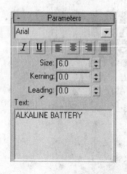

图8-34　文本ALKALINE BATTERY的参数设置　　图8-35　文本ALKALINE BATTERY在电池上的位置

对文本ALKALINE BATTERY进行凸出。凸出参数设置如图8-36所示。

用与文本ENERGY同样的方法对文本ALKALINE BATTERY添加Bend（弯曲）编辑器，旋转Bend的控制框Gizmo。旋转后文本ALKALINE BATTERY的Bend控制框Gizmo如图8-37所示。

图8-36　文本ALKALINE BATTERY
凸出参数的设置

图8-37　旋转ALKALINE BATTERY
弯曲控制框Gizmo后的方位

在Bend的Parameters卷帘窗中设置弯曲的Angle（角度）为80.0，Bend Axis（弯曲轴）为X轴，如图8-38所示。

文本ALKALINE BATTERY弯曲后的效果如图8-39所示。

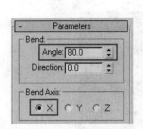

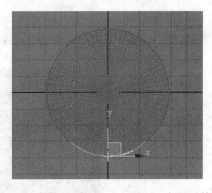

图8-38　文本ALKALINE BATTERY的
弯曲参数设置

图8-39　文本ALKALINE BATTERY弯曲后的效果

6. 创建文本MADE IN CHINA

将组"电池-ENERGY"分解开（Ungroup），同时选中电池、ENERGY和ALKALINE BATTERY，组成新的组"电池-E-A"。选中组"电池-E-A"，在Top视图中，在Local（局部坐标系）下绕Z轴旋转35°，如图8-40所示。旋转后将局部坐标系恢复为视图坐标系。

在Front视图中创建文本MADE IN CHINA，将其颜色设置为白色。其他参数的设置如图8-41所示。

先将文本MADE IN CHINA绕Y坐标轴顺时针旋转90°，然后用选择和移动工具 将其位置坐标调整为 X 0.0 Y -39.0 Z 32.0 。添加Extrude和Bend编辑器，其凸出参数的设置、弯曲控制框的旋转与文本ENERGY和ALKALINE BATTERY完全一样。弯曲角度参数的设置如图

8-42所示。

文本MADE IN CHINA弯曲后的效果如图8-43所示。

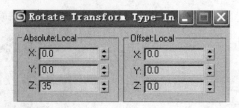

图8-40 组"电池-E-A"旋转的角度

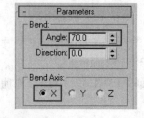

图8-41 文本MADE IN CHINA的参数设置   图8-42 文本MADE IN CHINA弯曲参数的设置

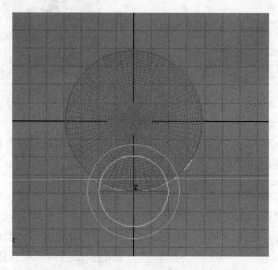

图8-43 文本MADE IN CHINA弯曲后的效果

7. 创建文本SIZE D BATTERY

在与文本MADE IN CHINA同样的方位下，在Front视图中创建文本SIZE D BATTERY，将其颜色设置为黑色。其他参数的设置如图8-44所示。

同样先将文本SIZE D BATTERY绕Y坐标轴顺时针旋转90°，然后用选择和移动工具✛将其位置坐标调整为 ⊕ X 8.0 ↕ Y -39.0 ↕ Z 80.0 ↕ 。添加Extrude和Bend编辑器，其凸出参数的设置、弯曲控制框的旋转与前述文本完全一样。但此处因为SIZE D BATTERY分为了两行，应将其弯曲控制框Gizmo的默认中心用选择和移动工具✛将其调整到位置 ⊕ X -0.0 ↕ Y -39.0 ↕ Z 80.0 ↕ ，才能得到要求的弯曲效果。弯曲角度参数的设置如图8-45所示。

图8-44　文本SIZE D BATTERY的参数设置　　　图8-45　文本SIZE D BATTERY弯曲参数的设置

文本SIZE D BATTERY弯曲后的效果如图8-46所示。

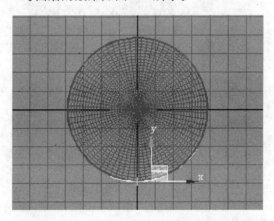

图8-46　文本SIZE D BATTERY弯曲后的效果

8. 创建符号"+"

将电池及所有文本组成一个组，然后在Top视图中的Local坐标系下绕Z轴逆时针旋转47°，如图8-47所示。

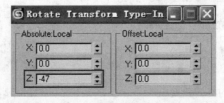

图8-47　电池及所有文本组的旋转角度

在Front视图中创建符号"+"，将其颜色设置为红色。其他参数的设置如图8-48所示。

对符号"+"不必进行旋转，如同文本一样添加Extrude和Bend编辑器，凸出参数的设置如同文本一样，不必旋转Bend的控制框Gizmo。弯曲的参数设置如图8-49所示。

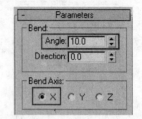

图8-48　符号"+"的参数设置　　　　　　　图8-49　符号"+"的弯曲参数设置

符号"+"弯曲后的效果如图8-50所示。

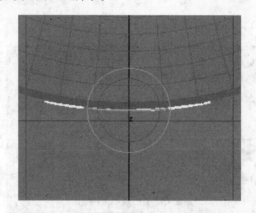

图8-50　符号"+"弯曲后的效果

9. 创建Rectangular（矩形）

选中所有对象并组成一个新组，在Top视图中，绕Local坐标系下的Z轴顺时针旋转25°，如图8-51所示。

在Front视图中绘制Rectangle（矩形），其尺寸设置如图8-52所示。

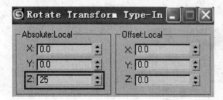

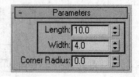

图8-51　所有对象组的旋转角度　　　　　　　图8-52　矩形参数的设置

将该矩形的位置调整为 ⊡ X 0.0 ↕ Y -39.0 ↕ Z 52.0 ↕。如同文本一样添加Extrude，由于矩形的宽度较小，可以不进行弯曲。凸出参数的设置同文本一样。

再将这个矩形复制4个，并将这复制的4个矩形的位置从上到下分别调整为：

⊡ X 0.0 ↕ Y -39.0 ↕ Z 42.0 ↕ ； ⊡ X 0.0 ↕ Y -39.0 ↕ Z 32.0 ↕ ；

⊡ X 0.0 ↕ Y -39.0 ↕ Z 12.0 ↕ ； ⊡ X 0.0 ↕ Y -39.0 ↕ Z 22.0 ↕ 。

5个矩形的颜色从上到下分别设置成绿（R=0；G=255；B=0）、浅绿（R=138；G=255；B=138）、月白（R=200；G=250；B=250）、浅红（R=235；G=112；B=136）和红色（R=248；G=117；B=77）。

文本、符号及矩形全部设置好后在电池上的位置及效果如图8-53所示。

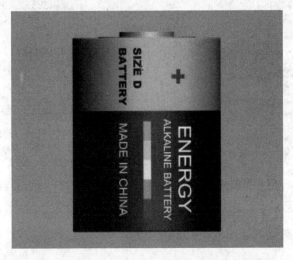

图8-53 文本、符号及矩形在电池上的位置及效果

选定所有的对象并组成一个组，并命名组名为"电池1"，将"电池1"在Top视图中绕着Local坐标系的Z坐标轴旋转-30度，如图8-54所示。

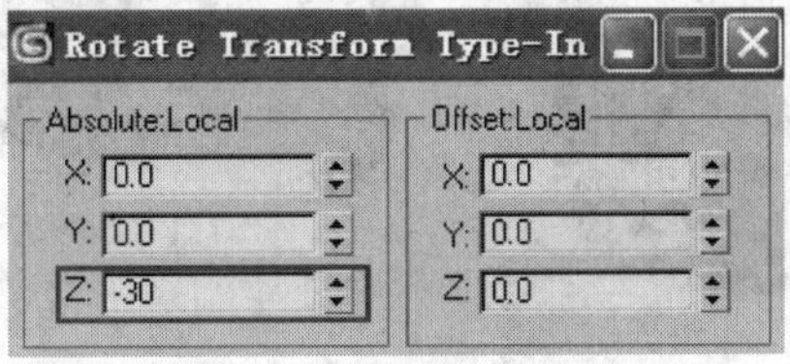

图8-54 所有对象组旋转的角度

用移动工具 ✛ 将"电池1"的位置调整为 ⊡ X 0.0 ↕ Y 0.0 ↕ Z 0.0 ↕，然后再复制另一块电池并命名为"电池2"。

将"电池2"的位置移动到 ⊡ X 120.0 ↕ Y -40.0 ↕ Z 0.0 ↕，用选择和旋转工具 ↻ 将其角度旋转至 ⊡ X -90.0 ↕ Y -60.0 ↕ Z 90.0 ↕ 。

8.4 给场景添加天空光

为了使电池在渲染时具有阴影及逼真的效果，需要给场景添加灯光。在此添加一个 Skylight（天空光）。

1）单击创建（Create） ，选中Lights（灯光） 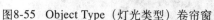，在Object Type（对象类型）卷帘窗 中选择 Skylight ，如图8-55所示。

2）在Top视图中用鼠标单击添加一个天空灯，Skylight（天空光）的参数设置如图8-56所示。

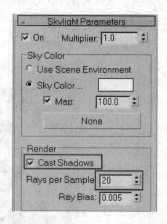

图8-55 Object Type（灯光类型）卷帘窗   图8-56 Skylight（天空光）的参数设置

Skylight的其他参数设置较为复杂，请参阅第6章的详细讲解。

完成的电池的渲染效果图如图8-57所示。

图8-57 电池的渲染效果图

8.5 小结

电池的设计主要包括了两个重点和难点，第一个重点和难点是多边形区域的选择。电池圆柱体的表面具有三个颜色区，分别是电池的两个端面、圆柱面的上半部分和下半部分，且包括了上半部分与上端面过渡的倒圆角部分。这些多边形选区的选择必须采取一定的技巧，包括

Select Invert (反选)，否则很难做到精确选择，或者操作极其麻烦。另一个重点和难点是文本的弯曲，要使文本贴在电池圆柱体的表面上，就必须将文本弯曲。而文本的默认弯曲是沿着文本排列的方向，但电池设计的要求是将文本沿文字的高度方向弯曲，因此就必须旋转文本弯曲的控制框Gizmo，才可以实现设计的要求。另外，如何将文本在电池圆柱面上精确定位也是设计的关键，本实例中采用了始终将文本在Front视图的正前方进行弯曲，这样确保了文本的精确定位，尤其是文本在电池圆柱表面上角度的精确定位。

习题8

1. 3DS MAX中一共有几种类型选区？分别说明各种选区类型在什么情况下使用。
2. Extrude Polygon（凸出多边形）对话框中的Group、Local Normal和By Polygon的含义分别是什么？
3. 在什么情况下宜使用Select Invert（反选）功能？
4. 为什么要将文本的弯曲控制框Gizmo进行旋转？
5. 调整材质编辑器中的反射水平Specular Level将产生什么效果？
6. 编辑器控制框Gizmo的含义是什么？
7. 组的作用是什么？在什么情况下使用组？
8. Local坐标系与View坐标系有什么区别？在什么情况下应使用Local坐标系？
9. 制作如图8-58所示的古钱。
10. 制作如图8-59所示的电扇。

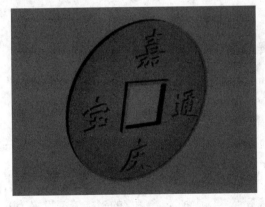

图8-58 古钱

图8-59 电扇

第9章 花

本章学习内容

- 平面（Plane）
- 线（Line）
- 缩放工具（Select and Uniform Scale）
- 焊接（Weld）
- 细分面（NURMS Subdivision）
- 层级（Hierarchical）
- 仅仅影响转轴（Affect Pivot Only）
- 仅仅影响对象（Affect Object Only）
- 阵列（Array）
- 双面显示（Forced 2-Sided）
- 组（Group）
- 车削（Lathe）
- 放样（Loft）
- 连接（Attach）

9.1 用平面体建立一片花瓣的基本模型

1. 在Front视图中创建一个Plane（平面）

单击Create（创建） ，选中Geometry（几何体） ，在Object Type（对象类型） Object Type 中选择Plane，如图9-1所示。

在Front视图中建立一个平面，并命名为花瓣。在Modify（编辑） 的Parameters（参数）卷帘窗中，将花瓣的参数作如图9-2所示的设置。

选中花瓣，在主工具条中单击Select and Move（选择和移动） 工具，在底部的位置坐标框 X 0.0 Y 0.0 Z 0.0 中把X、Y和Z的坐标值都设置为0。设置为0的快捷方法是用鼠标右键单击对应坐标右边的上下箭头 ，使花瓣定位于坐标系的中心。

此时花瓣在视图中的位置如图9-3所示。

2. 将花瓣转换为可编辑的多边形（Editable Poly）

在Top视图中，选中花瓣，右键单击，在出现的选择框中，选择Convert To Editable Poly（转换为可编辑的多边形）。

图9-1　Create（创建）平面的命令面板

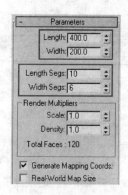

图9-2　花瓣参数的设置

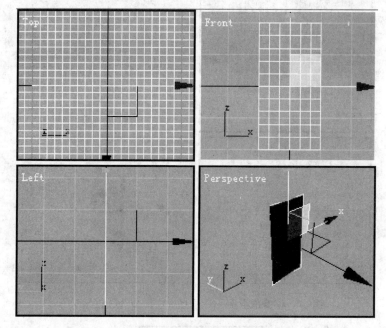

图9-3　花瓣在视图中的位置

在Modifier Stack（编辑堆栈）中单击Editable Poly中的减号"−"，展开可编辑的多边形的下一级子对象，并选中Vertex（顶点）子层级 　，如图9-4所示。

或者在选择 - Selection 卷帘窗中直接选择Vertex（顶点） 　进入顶点子层级，如图9-5所示。

3. 调整花瓣的形状

框选花瓣最上面的一行顶点，如图9-6所示。

接着在编辑顶点 - Edit Vertices 卷帘窗中单击焊接 Weld 右侧的Setting（设置） 按钮，如图9-7所示。

图9-4　花瓣编辑堆栈的顶点子层级　　　　图9-5　花瓣的Selection卷帘窗中的Vertex子层级

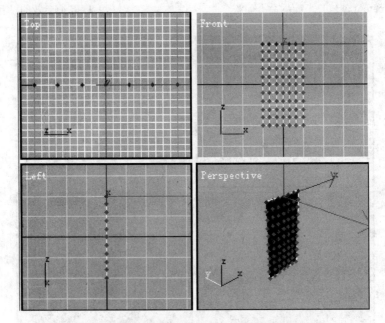

图9-6　花瓣最上面一行顶点选中后变为红色显示

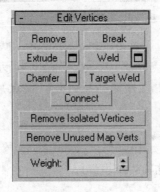

图9-7　编辑顶点卷帘窗中的Weld Setting（设置）按钮

在弹出的如图9-8所示的Weld Vertices（焊接顶点）对话框中，设置Weld Threshold（焊接阈值）为50，该值的大小决定了该域中的顶点将焊接到一起。单击OK按钮关闭对话框，则所选中的顶点焊接到了一起。

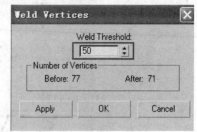

图9-8　Weld Vertices（焊接顶点）对话框

顶点焊接后，花瓣在场景中的效果如图9-9所示。

在主工具条中单击Select and Uniform Scale（选择与缩放）工具，在Front视图中，依次选中各行顶点，用缩放工具缩放所选的顶点进行变形，如图9-10所示。

将花瓣调整成如图9-11所示的形状。

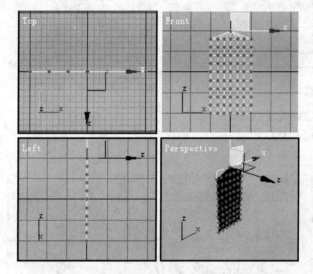

图9-9　花瓣顶点焊接到一起的效果

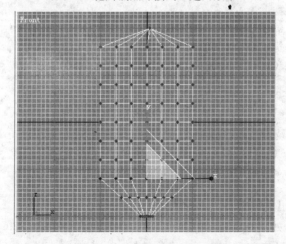

图9-10　缩放花瓣顶点进行变形

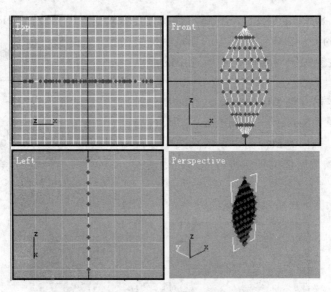

图9-11　花瓣的形状

4．使花瓣呈现一定的弧度

选中花瓣，用选择和移动工具 ⊹，在Left视图中依次选中各行顶点，将其调整到如图9-12所示的弧线形状。

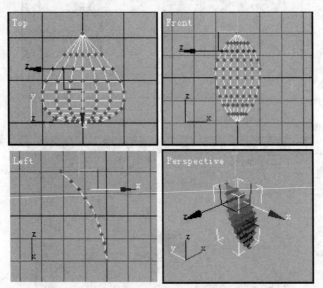

图9-12　花瓣调整的形状

5．使花瓣凸凹呈现出立体感

在Front视图中选中如图9-13所示的两列顶点。可以使用Fence Selection Region（栅栏选区）⬚，将所选的两列顶点包含到选区中进行选择。

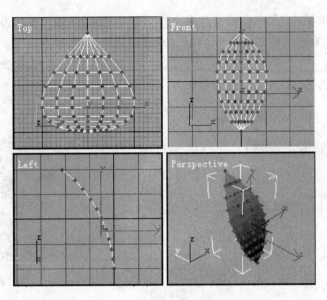

图9-13 选中凸出的两列顶点

然后用选择和移动工具 ✛ ，在Left视图中将选中的两列顶点往左侧移动一定的距离，如图9-14所示。

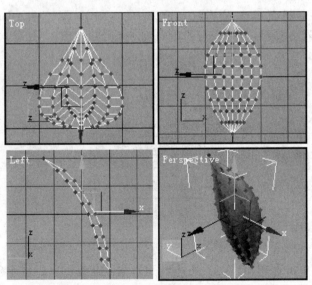

图9-14 顶点移动后花瓣呈现出凸凹不平的感觉

再次单击Vertex（顶点）子层级 ，退出顶点子层级。

6. 增强花瓣的光滑程度

在Subdivision Surface（细分面） - Subdivision Surface 卷帘窗中，选中Use NURMS Subdivision（使用非均匀有理网格光滑细分）选项，NURMS是Non-Uniform Rational Mesh

Smooth（非均匀有理网格光滑）的缩写。并将Iterations（迭代次数）设置为2，如图9-15所示。选用使用非均匀有理网格光滑细分选项后的花瓣如图9-16所示。

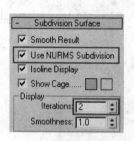

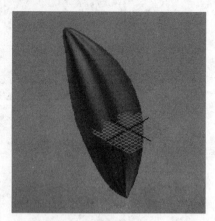

图9-15 细分面卷帘窗的参数设置　　　　图9-16 使用非均匀有理网格光滑细分后的花瓣

9.2 用阵列复制花瓣形成整朵花

1. 移动花瓣与其转轴（Pivot）的距离

选中花瓣，在控制面板中单击Hierarchy（层级）　，在Adjust Pivot（调整转轴）　Adjust Pivot　卷帘窗中，单击仅仅影响对象　Affect Object Only　，如图9-17所示。

图9-17 调整转轴卷帘窗的仅仅影响对象选项

先单击后用右键单击选择和移动工具　，可以看到花瓣的转轴位于坐标系的原点，如图9-18所示。

切换到Top视图，在弹出的移动变换键入对话框中的Absolute: World（绝对坐标）组的Y轴框中输入50，如图9-19所示。

完成移动花瓣后的花瓣与其转轴的相对位置如图9-20所示。

再次单击仅仅影响对象　Affect Object Only　退出调整对象状态。

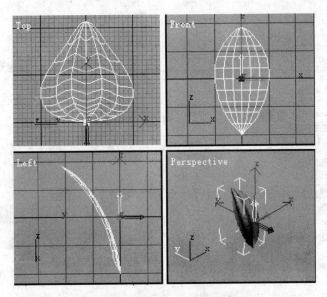

图9-18 花瓣的转轴位于坐标系的原点

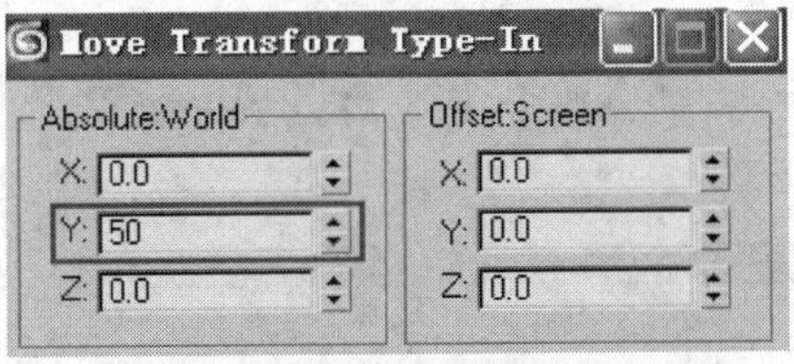

图9-19 移动花瓣与其转轴之间的距离

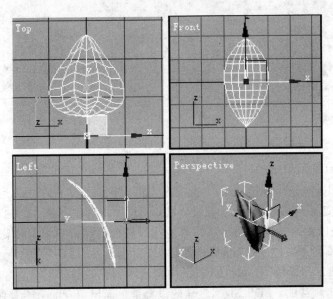

图9-20 花瓣与其转轴的相对位置

2. 阵列（Array）复制花瓣形成整个花朵

在主工具条的空白处右键单击出现选择框，如图9-21所示。

选择Extras（额外），在出现的Extras工具条中单击Array（阵列），如图9-22所示。

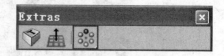

图9-21 右键单击选择框   图9-22 Extras工具条

整朵花由五个花瓣构成，花朵之间的角度为72.0°，在Array（阵列）对话框中作如图9-23所示参数设置。

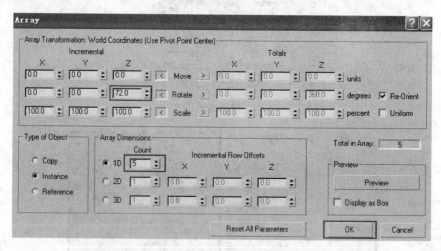

图9-23 阵列对话框的参数设置

阵列后的花朵如图9-24所示。

阵列之后不要用鼠标单击别的东西，直接选中原始花瓣，这样在调节这一个花瓣的时候，阵列的花瓣也随之变化。进入Vertex子层级，在Left视图中选中花瓣底部的顶点，用选择和移动工具 将其往花的中心方向移动，这样其他花瓣底部的顶点也跟着往花的中心方向移动，从而使花瓣的根部凑到了一起，如图9-25所示。

从图9-24和图9-25所示的Perspective视图中均看不到花的部分花瓣，这是由于看不到的花瓣是背面对着观察者视线的。3DS MAX默认的设置是单面显示，即只能看到正法线方向的面。为了使面能够双面显示，即正反面均为可见，则需要做以下的设置。

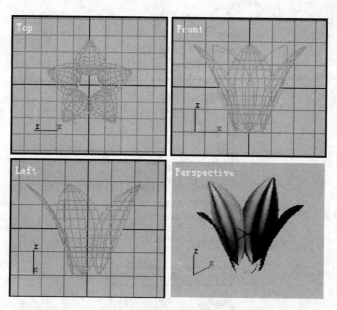

图9-24 阵列后的花朵

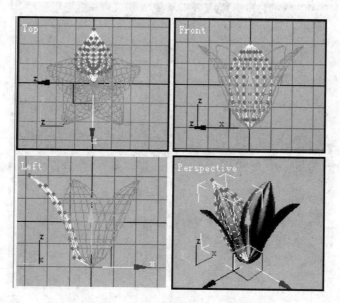

图9-25 花的根部凑到一起的效果

退出Vertex子层级，将鼠标光标放到Perspective视图的视图名称Perspective上，用鼠标右键单击，在出现的如图9-26所示的选择框中，选择Configure（设置）。

选择Configure后出现Viewport Configuration（视图设置）对话框，在该对话框中选中Force 2-Sided（强制双面显示），如图9-27所示。

设置双面显示后，Perspective视图中的所有花瓣均为可见，如图9-28所示。

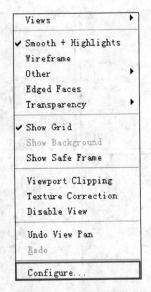

图9-26　视图设置选择框

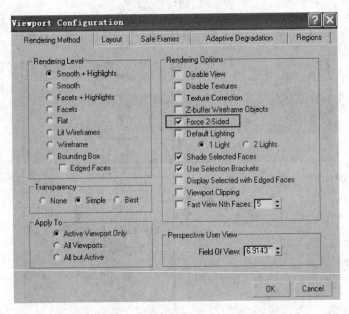

图9-27　视图设置对话框中的Force 2-Sided（强制双面显示）

3. 将花瓣组成一个组

为了使5个花瓣保持相对固定的位置，应将其组成一个Group（组）。组成组的好处是既可以保持组内的各个对象的相对位置固定不变，又可以在必要的时候解散组（Ungroup）重新编辑各个对象。选中所有的花瓣，在主菜单中的Group（组）子菜单下选择Group，在弹出的Group对话框中输入Group name（组名）为"花朵"，如图9-29所示。

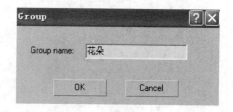

图9-28 设置双面显示后Perspective视图中花的显示   图9-29 Group对话框

9.3 制作花蕊

1. 用Line（线）创建中心花蕊

单击Create（创建）![icon]，选中Shape（形状）![icon]，在Object Type（对象类型）卷帘窗中选择线 Line ，如图9-30所示。

在Front视图中，用线工具描绘出一条准备制作花蕊的线条，如图9-31所示，并命名为"中心花蕊线"。

图9-30 Create（创建）Line的命令面板

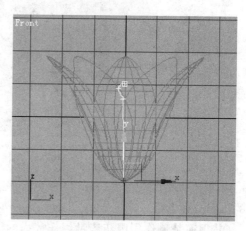

图9-31 制作中心花蕊的线条

选中中心花蕊线，在编辑器列表 Modifier List 中选择Lathe（车削），在Lathe的参数卷帘窗中先单击Direction（方向）组中的Y方向，再单击Align（对齐）组中的Max（最大），其他的设置如图9-32所示。

此时Front视图中的中心花蕊如图9-33所示。

图9-32　Lathe的参数卷帘窗

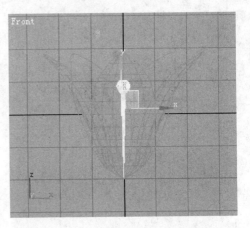

图9-33　Lathe后的中心花蕊

2. 制作周围花蕊

用线 Line 工具在Front视图中绘制用作周围花蕊茎的线条，如图9-34所示。

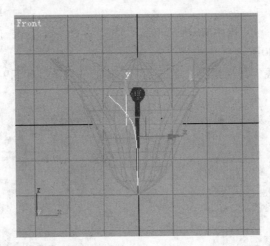

图9-34　用作制作周围花蕊的线

用圆 Circle 工具在Front视图中画一个小圆，小圆的Radius（半径）设置为2，并命名为"花蕊放样形状"，其用途是制作周围花蕊时用作放样的Shape（形状）。

3. 用Loft（放样）制作周围花蕊的杆茎

选中周围花蕊线，在创建面板下的 Standard Primitives 下拉框中，选择Compound Primitives（复合体元），在Object Type（对象类型）卷帘窗中选择Loft（放样），如图9-35所示。

图9-35　复合对象类型中的Loft（放样）

在创建方法 - Creation Method 卷帘窗中选中Get Shape（获得形状） Get Shape ，如图9-36 所示。

在视图中用选择或据名选择工具 🔣 选中"花蕊放样形状"小圆，放样出的周围花蕊的杆茎在Front视图中形状如图9-37所示。

图9-36 Loft的创建方法卷帘窗

4. 完成一个周围花蕊的制作

在Front视图中创建一个球体作为周围花蕊的花蕊球，并命名球体的名字为"花蕊球"，花蕊球的半径设置为12，用选择和移动工具 ✛ 将花蕊球移动到合适的位置。花蕊球在Front视图中的位置如图9-38所示。

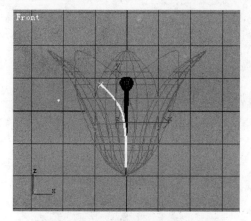

图9-37 放样制作的周围花蕊杆茎

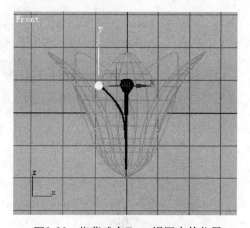

图9-38 花蕊球在Front视图中的位置

将花蕊球转换为可编辑的多边形，在编辑几何 - Edit Geometry 卷帘窗中单击附加 Attach 右侧的Setting（设置） ▣ 按钮，如图9-39所示。

单击 ▣ 后出现如图9-40所示的Attach List（附加列表）对话框，在对话框中选择周围花蕊杆，然后单击Attach按钮关闭对话框，花蕊球和花蕊杆组成了一个整体。

5. 阵列复制周围花蕊组

在Front视图中选中周围花蕊球，注意现在周围花蕊球已经与周围花蕊杆连成了一体。如同阵列复制花瓣一样，首先进行Pivot（转轴）调整。在控制面板中单击Hierarchy（层级） ⚲ ，在Adjust Pivot（调整转轴） - Adjust Pivot 卷帘窗中，单击仅仅影响转轴 Affect Object Only ，如图9-41所示。

图9-39 编辑几何体卷帘窗中的 Attach（附加）按钮

调整转轴前周围花蕊球与周围花蕊杆转轴的位置（在Front视图中）如图9-42所示。

用选择和移动工具 ✛ 将周围花蕊的转轴移动到 ⊞ X:0.0 ⊞ Y:-0.0 ⊞ Z:0.0 ⊞ ，周围花蕊及其转轴在Front视图中的位置如图9-43所示。

图9-40　Attach List（附加列表）对话框

图9-41　调整转轴卷帘窗的仅仅影响转轴选项

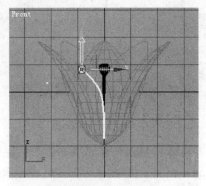

图9-42　调整转轴前周围花蕊球与周围
花蕊杆转轴的位置

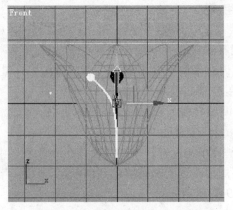

图9-43　周围花蕊及其转轴在Front视图中的位置

再次单击仅仅影响转轴 Affect Object Only 退出仅仅影响转轴状态。用与阵列复制花瓣一样的方法复制周围花蕊。周围花蕊组由6个花蕊构成，每个花蕊之间的角度是60.0°。阵列对话框中的参数设置如图9-44所示。

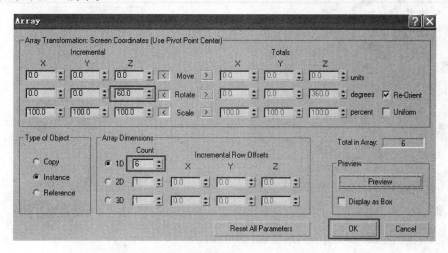

图9-44　阵列周围花蕊对话框的参数设置

切换到Top视图，单击OK按钮关闭阵列对话框。阵列后的周围花蕊组如图9-45所示。

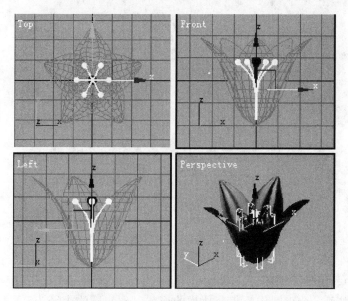

图9-45　阵列后的周围花蕊组

9.4　制作花柄

在Front视图中，用线 Line 工具绘制用于制作花柄的线条形状，如图9-46所示。该线条是一个封闭的细条形状。

对该线条应用Lathe（车削），其Lathe的参数选用Min（最小）对齐，如图9-47所示。

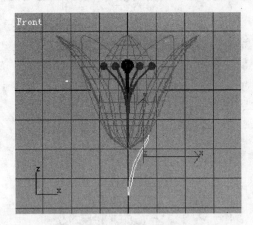

图9-46 用于制作花柄的线条　　　　　　　图9-47 Lathe的参数选项

Lathe后的花柄在Front视图中的形状如图9-48所示。

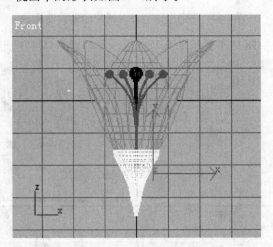

图9-48 Lathe后的花柄在Front视图中的形状

9.5 制作花茎

在Front视图中，用线 Line 工具绘出花茎的形状，如图9-49所示。

在Front视图中画一个小圆作为花茎放样的形状，取小圆的半径为5。放样后的花茎如图9-50所示。

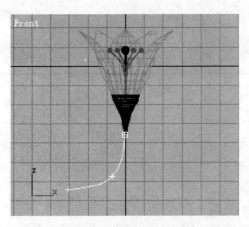
图9-49 花茎线条的形状

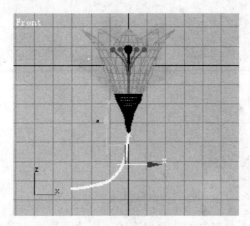
图9-50 放样后的花茎

9.6 添加材质及花朵复制

1. 添加材质

在键盘上按快捷键M或在主工具条中单击材质编辑器 ▓▓，在弹出的材质编辑器中选择第一个样本球。设置材质参数如图9-51所示，其中Diffuse（漫散射）的颜色设置为红色。

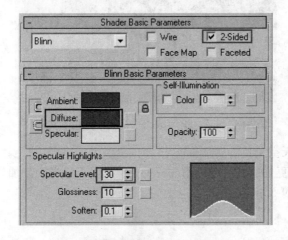
图9-51 花朵组材质的参数设置

将该材质赋给花朵组。依次另选一个样本球，不选中2-Sided（两面材质），分别设置并赋粉红、黄色、中绿和深绿给中心花蕊、周围花蕊、花柄和花茎。

设置完成材质后，花的渲染效果图如图9-52所示。

2. 花朵的复制及定位

首先选中花的所有元素并组成一个组，命名组名为"花"。在Front视图中选中花组，用选择和移动工具 ✥，在按住键盘上的Shift键的同时，用鼠标拖动一段距离松开鼠标，在出现的复制选项对话框中输入Number of Copies（复制的数量）为2，然后单击OK按钮，如图9-53所示。

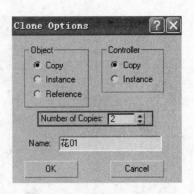

图9-52 添加材质后花的渲染效果图　　　　图9-53 复制选项对话框

　　将复制的花朵用选择和移动工具✛与选择和旋转工具↻进行位置移动和角度旋转，将花朵的位置及方位调整成如图9-54所示。

图9-54 花朵在Perspective视图中的位置及方位

3. 添加Skylight（天空光）

为了使渲染的效果更加逼真，可以添加一个天空光。天空光的添加与设置可以参照第6章。花的渲染效果如图9-55所示。

图9-55 完成后花的渲染效果图

9.7 小结

花的制作是由一个规则的Plane经过调整Vertex（顶点）改变其形状而形成不规则的花瓣，这是3DS MAX建立不规则形状模型的一种基本建模方法，需要读者很熟练地掌握这种建模方法。本章在应用Array（阵列）复制花瓣及花蕊时，分别使用了Hierachy（层级）下的Affect Object Only（仅仅影响对象）和Affect Pivot Only（仅仅影响转轴）两项功能，这两项功能需要读者很好地理解其不同的作用以及在什么情况下选用哪项。

本章涉及的Loft（放样）也是一个较高级的建模工具，应理解放样Path（路径）和放样Shape（形状）的意义及区别，以及在放样时选择的顺序对放样结果的影响。Lathe（车削）的使用需要注意旋转的Direction（方向）和Align（对齐）的方式，这两个选项将对Lathe的结果产生很大的影响。

习题9

1. Weld（焊接）的Weld Threshold（焊接阈值）起什么作用？
2. Subdivision Surface（细分面）的Use NURMS Subdivision选项中的NURMS是什么意思？
3. 对于一个面，为什么从背面将看不见该面？如何使得一个面的背面成为可见的？
4. 什么是Object（对象）的Pivot（转轴）？为什么有时要对Pivot进行移动？
5. Lathe的功能是什么？其Direction（方向）的含义是什么？
6. Lathe的Align（对齐）方式有哪几种？其各种方式的含义是什么？
7. 什么是Loft（放样）？放样Path（路径）和放样Shape（形状）的物理含义是什么？
8. 放样时，先选路径后选形状和先选形状后选路径的放样结果是否一样？为什么？
9. 制作如图9-56所示的树叶露珠。
10. 制作如图9-57所示的玫瑰花。

图9-56 树叶露珠

图9-57 玫瑰花

第10章 跷 跷 板

本章学习内容

- 圆柱体（Cylinder）
- 弯曲（Bend）
- 立方体（Box）
- 矩形（Rectangle）
- 据名选择（Select by Name）
- 镜像（Mirror）编辑器
- 多层（Multi-Layer）材质

10.1 创建跷跷板的支架

1）单击Create（创建）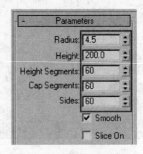，选中Geometry（几何体），单击Cylinder（圆柱体）如图10-1所示。

2）在Top视图中拖动鼠标一定的距离，然后松开鼠标，画出圆柱体的直径，移动鼠标一定的距离画出圆柱体的长度，最后取圆柱体的名字为支架1。在Modify（编辑）的Parameters（参数）卷帘窗中，将Radius（半径）设置为4.5，Height（高度）设置为200.0，Height Segments（高度分段）、Cap Segments（端部分段）和Sides（边）均设置为60，如图10-2所示。

图10-1 Create（创建）圆柱体的命令面板　　图10-2 支架1的参数设置

3）选中支架1，在主工具条中单击Select and Move（选择和移动）工具，在底部的位置坐标框  中把X、Y和Z坐标都设置为0，使支架1位于坐标系的原点。

4）对支架1添加Bend（弯曲）编辑器，在Top视图中选中支架1，在编辑 ![img] 的编辑器列表 Modifier List 下拉框中，选择Bend，将Bend参数的弯曲角度和方向作如图10-3所示的设置。

经弯曲的支架1如图10-4所示。

5）在Top视图中选中支架1，在主工具条中用鼠标单击选择和移动工具 ✛，按住Shift键，往上拖动支架1一段距离后松开鼠标，这时出现如图10-5所示的复制对话框。使用默认的Copy（复制），并命名为"支架2"，单击OK按钮关闭复制对话框。

图10-3 支架1弯曲参数的设置

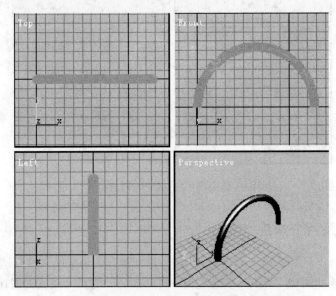

图10-4 弯曲后的支架1

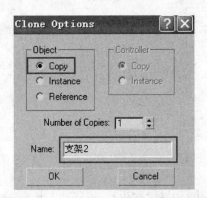

图10-5 Clone Options （复制选项）对话框

选中复制的支架2，在主工具条中单击选择和移动工具 ✛，在底部的位置坐标框 中把Y的坐标值设置为60.0，X和Z的坐标都设置为0.0，使支架2相对于支架1在坐标系的Y轴上相距60个单位，X和Z坐标轴上对齐。支架1和支架2在场景中的位置如图10-6所示。

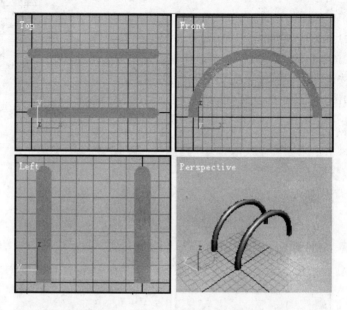

图10-6　支架1和支架2的相对位置

10.2　创建横梁及两个端头

1) 在Top视图中分别创建3个Box（立方体），并分别命名为横梁、横梁端头1和横梁端头2。其中横梁的尺寸设置如图10-7所示，横梁端头1和横梁端头2的尺寸设置如图10-8所示。

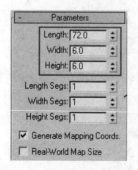

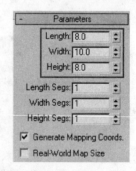

图10-7　横梁的尺寸设置　　　　　　　　图10-8　横梁端头1和端头2的尺寸设置

2) 分别选中横梁、横梁端头1和横梁端头2，用移动工具 ✥ 分别设置其位置为：

横梁 ✥ X: 63.7　Y: 30.0　Z: 54.0　；

横梁端头1 ✥ X: 63.7　Y: 70.0　Z: 53.0　；

横梁端头2 ✥ X: 63.7　Y: -10.0　Z: 53.0　。

经过调整位置坐标后的横梁、横梁端头1和横梁端头2的位置如图10-9所示。

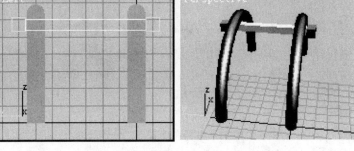

图10-9　横梁、横梁端头1和横梁端头2的位置

10.3　创建主杆

1) 单击创建 ，选中几何体 ，单击Cylinder，在Left视图中创建圆柱体，并命名为主杆。其参数设置如图10-10所示。

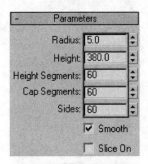

图10-10　主杆的参数设置

2) 选中主杆，将其位置调整为 X 250.0　Y 30.0　Z 65.0 。
主杆在场景中的位置如图10-11所示。

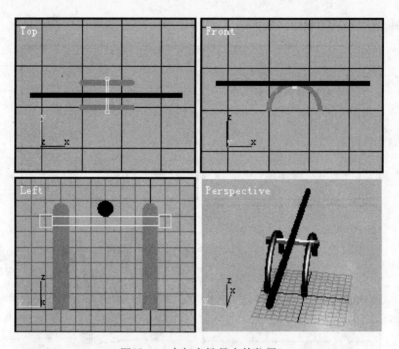

图10-11　主杆在场景中的位置

10.4　创建其他部件

1) 单击创建，选中Shapes（形状），单击Rectangle（矩形），在Left视图中创建矩形，并命名为"脚踏"。其参数设置如图10-12所示。

对脚踏在命令面板的Rendering（渲染）卷帘窗中作如图10-13所示的设置。

脚踏的位置坐标设置为 X -56.0　Y 30.0　Z 58.0 。

2) 在Top视图中创建圆柱体，并命名为"坐垫"。其参数设置如图10-14所示。

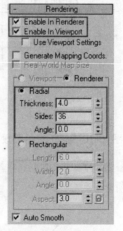

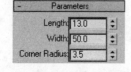

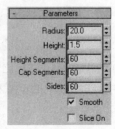

图10-12　脚踏参数的设置　　　图10-13　脚踏Rendering参数的设置　　　图10-14　坐垫参数的设置

坐垫的位置坐标设置为 X: -115.0 Y: 30.0 Z: 70.0 。

这时各部件的位置关系如图10-15所示。

3) 单击创建 ↖ ，选择几何体 ◉ ，单击Cylinder，在Top视图中创建一个小圆柱体作为把手立杆，并命名其为把手立杆。其参数设置如图10-16所示。

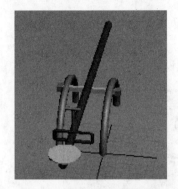

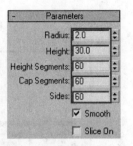

图10-15　各部件的位置关系图　　　　　　图10-16　把手立杆的参数设置

将其位置坐标调整为 X: -56.0 Y: 30.0 Z: 68.0 。调整好的把手立杆如图10-17所示。

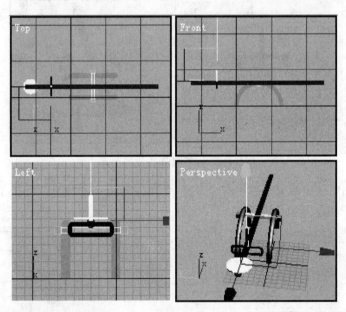

图10-17　把手立杆的位置关系

4) 在Front视图中创建另一个小圆柱体作为把手横杆，并命名其为把手横杆。其参数设置如图10-18所示。

将其位置坐标调整为 X: -56.0 Y: 40.0 Z: 97.5 。调整好的把手横杆如图10-19所示。

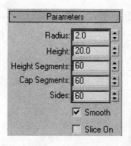

图10-18　把手横杆的参数设置

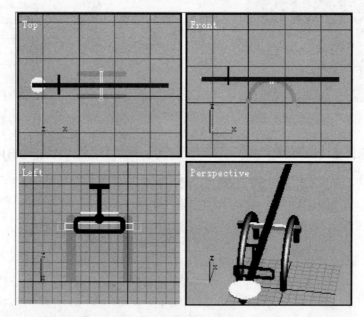

图10-19　把手横杆的位置关系

5) 在Front视图中创建两个小圆柱体作为把手和把手套，并分别命名为把手和把手套，其参数设置分别如图10-20和图10-21所示。

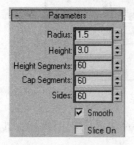

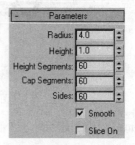

图10-20　把手的参数设置　　　　　　　　　图10-21　把手套的参数设置

把手的位置坐标调整为 X: -56.0　Y: 19.0　Z: 97.5 。

把手套的位置坐标调整为 ⊕ X: -56.0 Y: 20.0 Z: 97.5 。调整好的把手与把手套的位置如图10-22所示。

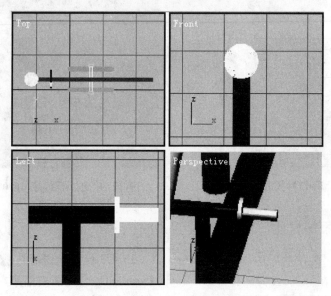

图10-22 把手与把手套的位置关系

6) 用Select（选择） 或Select by Name（据名选择）工具同时选中把手和把手套。同时选择多个对象时，选择第一个对象后，按着键盘上的Ctrl键的同时再选择其他的对象。在Modifier List（编辑器列表）Modifier List 下拉框中选择Mirror（镜像）编辑器，在Mirror的Parameters（参数）卷帘窗中设置参数，如图10-23所示。

把手与把手套镜像后的效果与位置如图10-24所示。

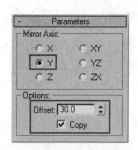

图10-23 把手与把手套Mirror（镜像）参数的设置

图10-24 把手与把手套Mirror（镜像）后的效果与位置

7) 同时选中坐垫、脚踏、把手立杆、把手横杆、把手和把手套，使用Mirror编辑器实现这些部件的复制与定位。Mirror参数的设置如图10-25所示。

坐垫、脚踏、把手立杆、把手横杆、把手和把手套镜像后的效果与位置如图10-26所示。

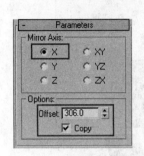

图10-25 Mirror参数的设置   图10-26 坐垫、脚踏等Mirror后的效果与位置

10.5 为跷跷板添加材质

1) 按快捷键M，或在主工具条中单击Material Editor（材质编辑器）⚏打开材质编辑器，选中第1个样本球，在材质编辑器的Shader Basic Parameters（光照模型基本参数）卷帘窗中，单击Blinn右侧向下的箭头 ▾ ，选择Multi-Layer（多层）光照模型，如图10-27所示。

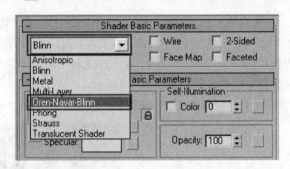

图10-27 材质编辑器的光照模型卷帘窗

在Multi-Layer Basic Parameters（多层材质基本参数）卷帘窗中，单击Diffuse（漫散射）右侧的颜色框并选取红色，并将First Specular Layer（第1反射层）的Level（水平）和Glossiness（光泽）的参数分别设置如图10-28所示。

2) 将该种材质赋给主杆、脚踏、把手立杆和把手横杆。

3) 用同样的方法制作两种同类型的材质，一种设置成黑色，参数设置如图10-29所示，分别赋给坐垫、把手套和把手。

另一种设置成蓝色，参数设置如图10-30所示，分别赋给支架1、支架2、横梁、横梁端头1和横梁端头2。

完成材质添加的跷跷板的渲染效果图如图10-31所示。

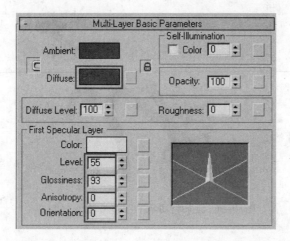

图10-28 Multi-Layer Basic Parameters（多层材质基本参数）红色的设置

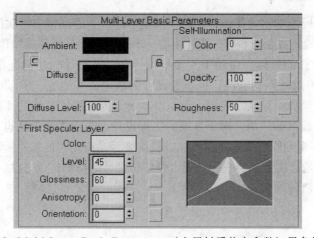

图10-29 Multi-Layer Basic Parameters（多层材质基本参数）黑色的设置

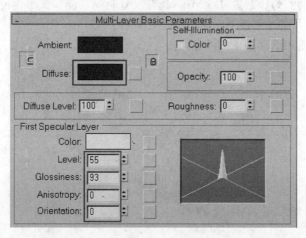

图10-30 Multi-Layer Basic Parameters（多层材质基本参数）蓝色的设置

图10-31　添加材质后的跷跷板渲染效果图

10.6　小结

　　本章制作的跷跷板模型比较简单，其部件都是一些规则的模型。本实例的重点是各部件之间的定位。对于工程设计或工业设计，设计中的一个关键问题是部件的精确尺寸以及精确定位。对于一些用于工程设计的软件，借助于其参数设计和尺寸驱动的功能是很容易实现的。其实3DS MAX可以说具有尺寸驱动功能，但参数设计的概念没有体现，所以在有些方面显得不太方便，但借助于其在世界坐标系（World Coordinator）的坐标值，经过计算也可以做到精确定位。本实例就是一个简单的应用，对于复杂的工程设计，用同样的方法也不难实现。毕竟3DS MAX的强大材质、不规则模型的建立、灯光以及渲染等功能是其他软件所无法做到的。

　　本章的主要目的是让读者学会一种进行工程结构设计的精确定位方法，利用该种设计概念，可以进行复杂结构的精确设计。

习题10

　　1. 什么是尺寸驱动？为什么说3DS MAX具有尺寸驱动功能？试举例说明之。

　　2. 3DS MAX中有几种光照模型？常用的是哪一种？

　　3. 设计与制作如图10-32所示的手机模型。

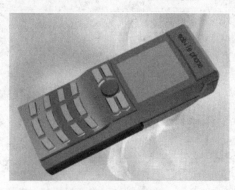

图10-32　手机模型

4. 设计与制作如图10-33所示的U盘。

5. 设计与制作如图10-34所示的计算器。

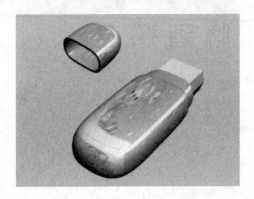

图10-33　U盘

图10-34　计算器

第11章　啤酒瓶盖

本章学习内容

- 倒角圆柱体（Chamfer Cylinder）
- 可编辑的多边形（Editable Poly）
- 编辑顶点（Vertex）
- 边（Edge）倒角（Chamfer）
- 切平面（Slice Plane）
- 切开（Slice）
- 斜凸出（Bevel）
- 选择与均匀缩放（Select and Uniform Scale）
- 循环（Loop）
- 网格选择（Mesh Select）编辑器
- 网格光滑（Mesh Smooth）编辑器

11.1　用倒角圆柱体建立瓶盖基本模型

1）在控制面板中单击Create，选择Geometry，在基本体 Standard Primitives
下拉框中，选择Extended Primitives（扩充体元），如图11-1所示。

2）在对象类型 Object Type 卷帘窗下选择倒角圆柱体 ChamferCyl ，如
图11-2所示。

图11-1　选择Extended Primitives
（扩充体元）

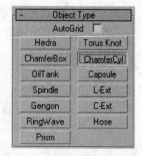

图11-2　对象类型卷帘窗中
的倒角圆柱体

在Top视图中创建倒角圆柱体并命名为"啤酒瓶盖"。

3）在Modify（编辑）![]的Parameters（参数）卷帘窗中，将倒角圆柱体的参数作如图11-3所示的设置。

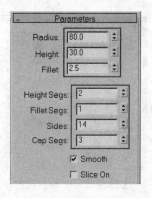

图11-3　啤酒瓶盖的参数设置

　　用选择和移动![]工具，将啤酒瓶盖移动到坐标系的中心，即将窗口底部的位置坐标框设置为![]。此时啤酒瓶盖在场景中的位置如图11-4所示。

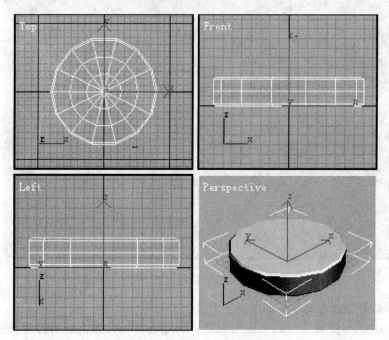

图11-4　啤酒瓶盖的基本模型

11.2　用Editable Poly编辑啤酒瓶盖基本模型

1）在Top视图中，选中啤酒瓶盖，右键单击将其转换为Editable Poly（可编辑的多边形）。

2）在Modifier Stack（编辑堆栈）中单击![Edit Poly]的加号"+"，展开Editable Poly的下一

级子对象，并选中Polygon子层级。

或者在选择 - Selection 卷帘窗中直接选择Polygon（多边形）■子层级，如图11-5所示。

图11-5 选择卷帘窗中的多边形子层级

在主工具条中单击选择工具 🗟 ，在Front视图中用鼠标拖动选择底部的一行多边形，如图11-6所示。

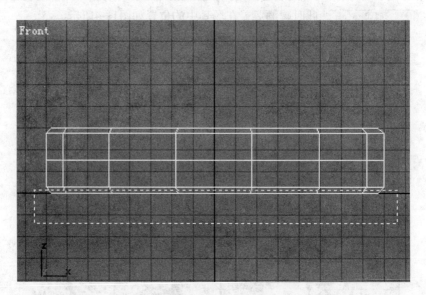

图11-6 在Front视图中拖动鼠标选择底部的一行多边形

被选中的多边形以红色显示，如图11-7所示。

按键盘上的Delete键将选中的多边形删除，删除底部一行多边形后的啤酒瓶盖模型如图11-8所示。

3) 在选择 - Selection 卷帘窗中选择Vertex（顶点）进入顶点子层级，如图11-9所示。

在Front视图中，用选择工具 🗟 框选如图11-10所示的顶点。

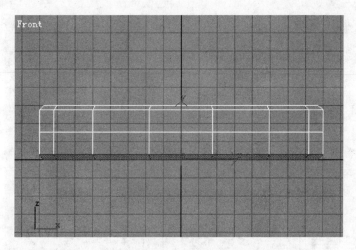

图11-7　红色显示的Front视图中被选中的多边形

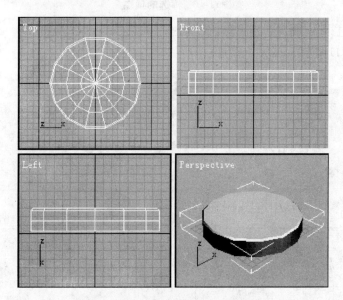

图11-8　底部多边形删除后的啤酒瓶盖

图11-9　选择卷帘窗中的Vertex子层级

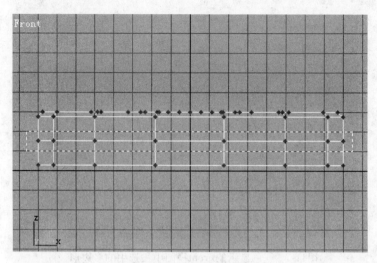

图11-10 框选的顶点

用选择和移动工具 ✛ 将这些顶点移动到 ⊡ × 0.0   Y 0.0   Z 22.0 的位置。顶点移动后的啤酒瓶盖模型如图11-11所示。

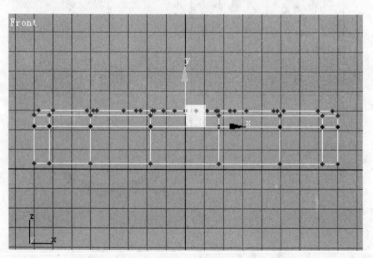

图11-11 顶点移动后的啤酒瓶盖模型

4) 在选择 - Selection 卷帘窗中选择Edge（边）◁进入到边子层级，如图11-12所示。

图11-12 选择卷帘窗中的边子层级

在Front视图中，用选择工具 框选如图11-13所示的边，这时的选择模式必须是交叉模式 。

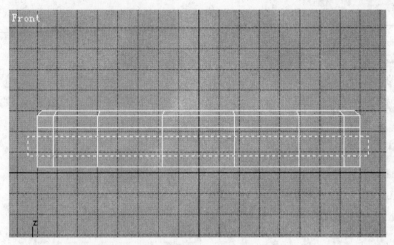

图11-13　选择工具框选的边

被选中的边以红色显示，如图11-14所示。

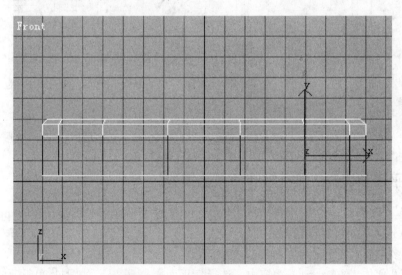

图11-14　红色显示选中的边

5）接着在Edit Edges（编辑边） Edit Edges 卷帘窗中单击选择Chamfer（倒角） Chamfer 右边的设置按钮 ，如图11-15所示。

在出现的如图11-16所示的对话框中，设置Chamfer Amount（倒角数值）为3，单击OK按钮关闭对话框。

对所选择边倒角后的啤酒瓶盖模型如图11-17所示。

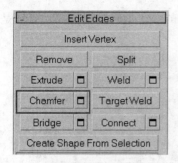
图11-15　编辑边卷帘窗中的Chamfer

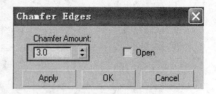
图11-16　倒角参数的设置

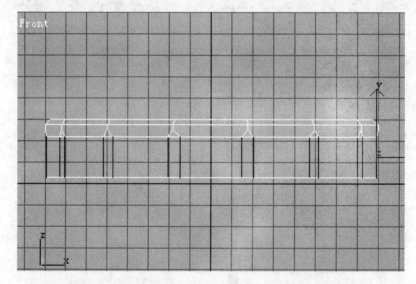
图11-17　所选边Chamfer（倒角）后的啤酒瓶盖模型

11.3　用切平面和切开工具处理啤酒瓶盖模型

1) 在选择 - Selection 卷帘窗中再次单击Polygon■进入多边形子层级。在Front视图中，用选择工具框选如图11-18所示的多边形。

被选中的多边形以红色显示，如图11-19所示。

2) 在编辑几何体 - Edit Geometry 卷帘窗中，选择切平面 Slice Plane ，如图11-20所示。

选择切平面 Slice Plane 后，在所选的多边形中显示了一个用于剖切所选多边形的平面，此时只是显示出用于剖切的平面方向和位置，还没有进行剖切。现在可以调节切平面的方向和位置。在本例子中，切平面的方向正确，只是位置不合适。用选择和移动工具，将切平面在底部的位置坐标框里的Z坐标值设置为13。移动后的切平面在啤酒瓶盖上的位置如图11-21所示。

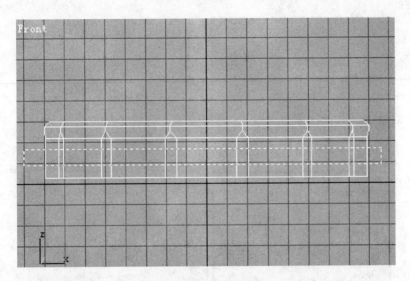

图11-18 框选的多边形

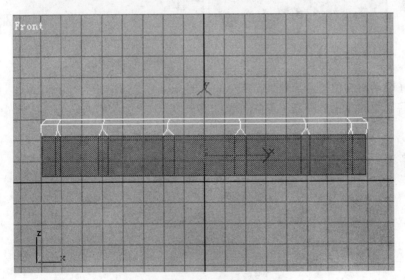

图11-19 红色显示选中的多边形

图11-20 编辑几何体卷帘窗中的Slice Plane

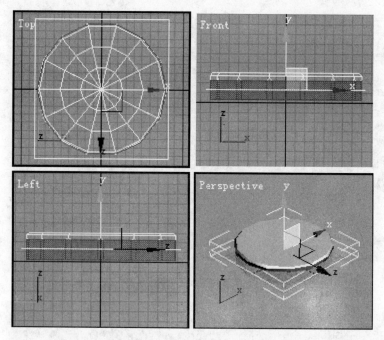

图11-21 Slice Plane（切平面）在啤酒瓶盖上的位置

3）调整好切平面的位置后，在编辑几何体 - Edit Geometry 卷帘窗中，单击切开 Slice ，如图 11-22所示，将选中的多边形在切平面的位置切开。

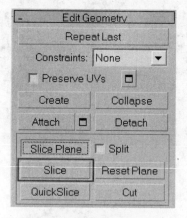

图11-22 编辑几何体卷帘窗中的Slice（切开）

然后单击切平面 Slice Plane 退出切平面状态，并再次单击Polygon退出多边形子层级。此时的啤酒瓶盖模型已在切平面所在的位置切开，如图11-23所示。

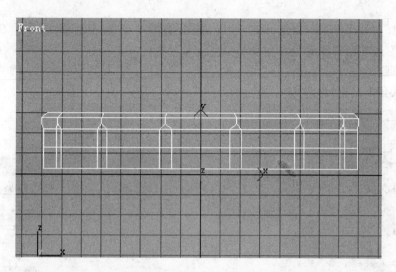

图11-23 啤酒瓶盖模型Slice（切开）后示意图

11.4 添加斜凸出编辑器修改模型

1）再次进入Polygon子层级，在Front视图、Left视图和Perspective视图中，并在Perspective视图中结合使用圆弧旋转选择对象（Arc Rotate Selected）工具，选择如图11-24所示的多边形，选择时应在按住Ctrl键的同时用鼠标单击选择应选的多边形。

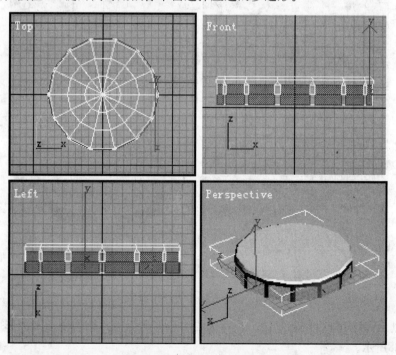

图11-24 选择多边形示意图

2）在Edit Polygons（编辑多边形） 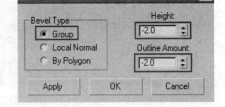 卷帘窗中用鼠标单击Bevel（斜凸出） Bevel 右边的设置按钮 ⬚ ，如图11-25所示。

单击后出现Bevel Polygons（斜凸出多边形）对话框，设置其中的参数，如图11-26所示，单击OK按钮关闭对话框。

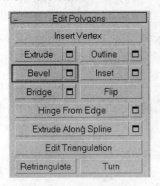

图11-25　编辑多边形卷帘窗中的Bevel（斜凸出）　　图11-26　斜凸出多边形对话框的参数设置

3）用与上一步同样的方法选择如图11-27所示的多边形。

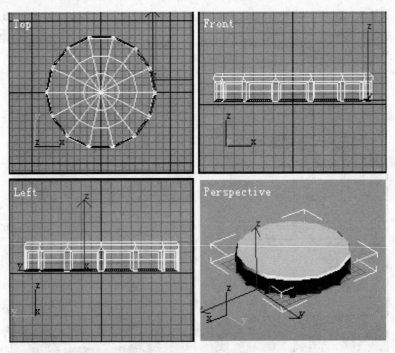

图11-27　选择多边形示意图

4）按键盘上的Delete（删除）键，将所选的多边形删除掉。删除所选多边形后的啤酒瓶盖模型如图11-28所示。

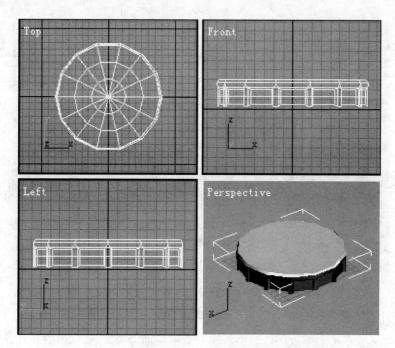

图11-28 删除所选多边形后的啤酒瓶盖模型

11.5 用均匀变形工具编辑啤酒瓶盖模型

1) 在选择 - Selection 卷帘窗中选择Vertex ∴进入顶点子层级,在Front视图中,用选择工具 ▷ 框选如图11-29所示的顶点。注意该步骤的顶点选择必须准确,既不能多选也不能少选。

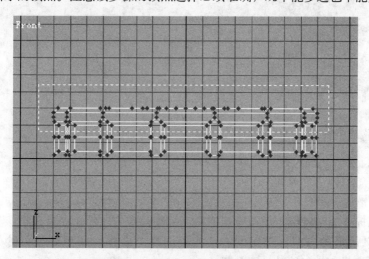

图11-29 在Front视图中框选顶点

被选中的顶点变为红色显示,如图11-30所示。

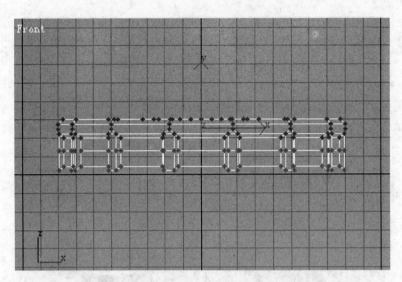

图11-30 Front视图中红色显示选中的顶点

2) 在主工具条中单击Select and Uniform Scale（选择与均匀缩放）工具 □，在Perspective 视图中将鼠标光标放在均匀缩放图标的中间使三个坐标轴均为黄色，如图11-31所示。

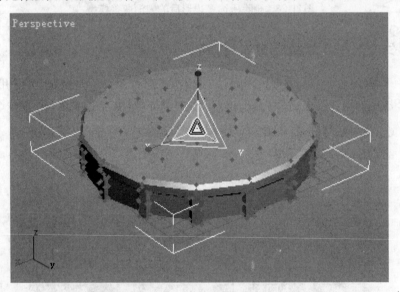

图11-31 在Perspective视图中进行三个方向的均匀缩放

此时按下鼠标并拖动鼠标，使得所选的顶点缩小一定的比例。如果感觉该步骤的操作比较难控制，也可以用更加方便和准确的方法实现同样的操作。即用鼠标右键单击Select and Uniform Scale（选择与均匀缩放）工具 □，在弹出的Scale Transform Type-In（缩放变换键入）对话框中，输入相对于世界坐标系的缩放比例为92，如图11-32所示。

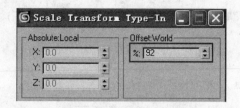

图11-32　缩放变换键入对话框

　　经均匀缩放后的啤酒瓶盖模型如图11-33所示。为了在Perspective视图中显示清楚模型，在激活Perspective视图的情况下，按F3键将Perspective视图切换为线框显示。

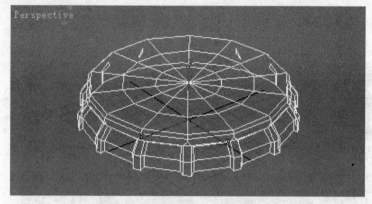

图11-33　均匀缩放后的啤酒瓶盖模型

11.6　缩放复制制作瓶盖底部内凸边沿

　　1）进入可编辑的多边形的Edge（边）✍子层级，在Front视图中选择瓶底底部的一条边，如图11-34所示。

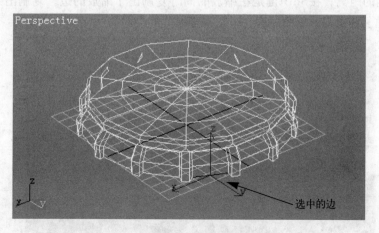

图11-34　选中啤酒瓶盖模型底部的一条边

2) 在Selection（选择） - Selection 卷帘窗中用鼠标单击Loop（循环），如图11-35所示。

图11-35 Selection（选择）卷帘窗中的Loop（循环）

单击Loop后，瓶盖底部的边自动被全部选中，如图11-36所示。

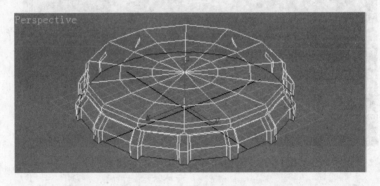

图11-36 用Loop（循环）工具选择模型底部的所有边

3) 在主工具条中单击选择与均匀缩放工具 ，在Perspective视图中将鼠标光标放在均匀缩放图标的中间使三个坐标轴均为黄色时，按着键盘上的Shift键的同时，用鼠标拖动使所选择的边往里缩放一定的距离，按Shift键是在缩放的同时复制出了缩放的边。复制出缩放的边如图11-37所示，再重复往里缩放复制一次。

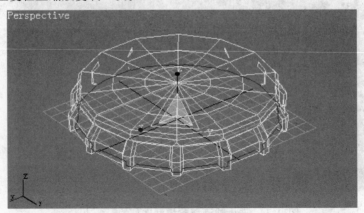

图11-37 往里缩放复制底边

11.7 添加网格光滑编辑器编辑模型

1) 选中瓶盖模型，单击编辑器列表 Modifier List 右侧的黑色箭头 ▼ ，在键盘上按M，找到Mesh Select（网格选择）编辑器后按Enter键或者用鼠标双击，为瓶盖模型添加一个网格选择编辑器，然后进入Face（面）子层级，如图11-38所示。

图11-38 Mesh Select（网格选择）编辑器的Face（面）子层级

2) 在Front视图中，用选择工具 框选如图11-39所示瓶盖模型的所有面。

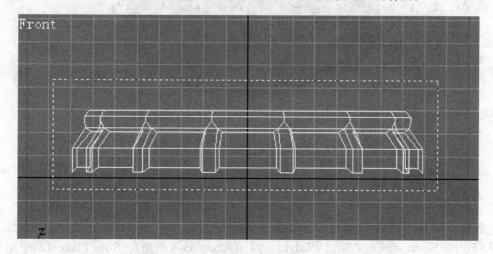

图11-39 框选瓶盖模型的所有面（Face）

选中的面呈红色显示，如图11-40所示。

3) 对选中的面添加一个Mesh Smooth编辑器完成啤酒瓶盖的设计。完成后的啤酒瓶盖的渲染效果图如图11-41所示。

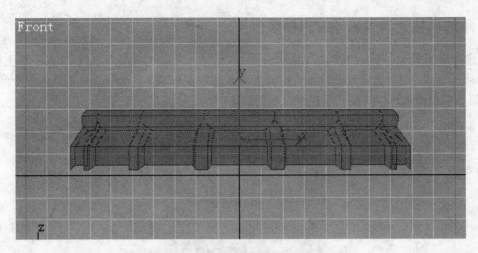

图11-40　选中模型的所有面（Face）

图11-41　完成的啤酒瓶盖渲染效果图

11.8　小结

本章制作的啤酒瓶盖模型看似比较简单，实际上是一个制作难度比较大的模型。从 Editable Poly的Vertex（顶点）编辑到Edge（边）的Chamfer（倒角）、Slice Plane（切平面）调整、Bevel（斜凸出）、Select and Uniform Scale（均匀缩放）、Edge（边）的选择及Loop（循环）、Mesh Select（网格选择）及Mesh Smooth（网格光滑），每一步的操作都必须准确无误才能达到较好的效果。

本实例中均给出了每一步的详细操作步骤及数据，在读者的学习过程中，需要很好地去体会每一步的操作。只有不断地练习，才能掌握其中的要领。

习题11

1. Edge（边）倒角是什么含义？

2. 模型添加Slice Plane（切平面）后发生了什么变化？

3. Bevel（斜凸出）的含义是什么？它与Extrude（凸出）有什么不同？

4. 在可编辑多边形的边子层级中，当选中一条边后单击Loop将发生什么变化？Loop的功能是什么？

5. Mesh Select（网格选择）编辑器的功能是什么？

6. Mesh Smooth（网格光滑）编辑器的功能是什么？它与Turbo Smooth（快速光滑）编辑器有什么区别？

7. 制作如图11-42所示的蛋黄与蛋清。

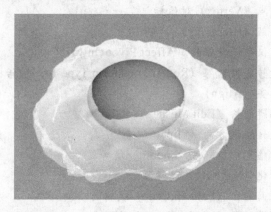

图11-42 蛋黄与蛋清

8. 制作如图11-43所示的玻璃茶几。

9. 制作如图11-44所示的鼠标。

图11-43 玻璃茶几

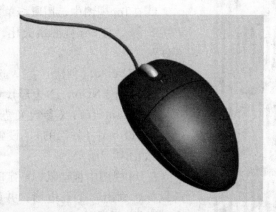

图11-44 鼠标

第12章 足 球

本章学习内容

- N边形（NGon）
- 外切多边形（Circumscribed）
- 内接多边形（Inscribed）
- 捕捉切换开关（Snaps Toggle）
- 顶点（Vertex）对位标记
- 层级（Hierarchy）
- 仅仅影响旋转轴（Affect Pivot Only）
- 旋转变换输入（Rotate Transform Type-In）对话框
- 对齐（Align）
- 编辑网格（Edit Mesh）编辑器
- 反转法线方向（Flip）
- 网格光滑（Mesh Smooth）编辑器
- 球化（Spherify）编辑器
- 表面凸出（Face Extrude）编辑器
- 环境（Environment）颜色的设置

12.1 创建两个多边形

1）在Top视图中，用鼠标单击Maximize Viewport Toggle（最大化视图切换开关）🔲，使Top视图最大化，或者按快捷键Alt+W。

单击Create（创建）🖱，选中Shapes（形状）👁，选择NGon（N边形），如图12-1所示。

在Parameters（参数）卷帘窗中，选择Circumscribed（外切的），设置Sides（边数）为5，如图12-2所示。

在Top视图中拖动鼠标一定的距离，然后松开鼠标，画出一个五边形，并取名为5NGon。在Modify（编辑）🔧的Parameters（参数）卷帘窗中，将Radius（半径）设置为68.819，如图12-3所示。

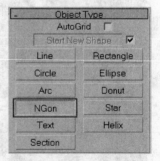

图12-1 Create（创建）NGon
（N边形）的命令面板

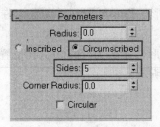

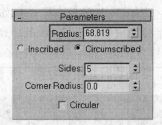

图12-2　多边形参数设置　　　　　　　　图12-3　五边形Radius（半径）的设置

　　选中所创建的五边形，在主工具条中单击Select and Move（选择和移动）工具 ，在底部的位置坐标框 中把X、Y和Z的坐标值都设置为0.0。设置为0.0的快捷方法是用鼠标右键单击对应坐标右边的上下箭头 ，使五边形定位于坐标系的中心。同样在主工具条中单击Select and Rotate（选择和旋转） ，在底部的位置坐标框 中，将Z坐标轴的值设置为−90°，此时的五边形如图12-4所示。

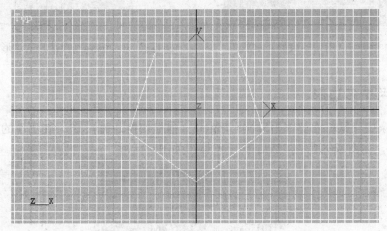

图12-4　五边形的位置与方向

　　本实例的建模要求的数值非常准确，各种长度值和角度值必须精确计算，因此对所画的多边形必须概念清楚。Circumscribed（外切多边形）是指如图12-5所示的多边形。Parameters（参数）卷帘窗中的Radius（半径）值是指图12-5中的内切圆的半径。

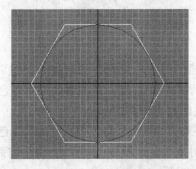

图12-5　Circumscribed（外切多边形）示意图

而Inscribed（内接多边形）指如图12-6所示的多边形。Parameters（参数）卷帘窗中的Radius（半径）值是指图12-6中的外切圆的半径。

2）同样在Top视图中创建一个Inscribed（内接）六边形，命名为6NGon。其位置可以暂时不用考虑，后面将对其精确对位，其参数的设置如图12-7所示。

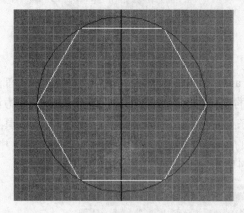

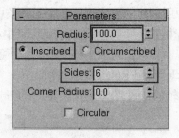

图12-6 Inscribed（内接多边形）示意图   图12-7 Inscribed（内接）六边形的参数设置

12.2 对位两个多边形

在主工具条中用鼠标右键单击Snaps Toggle（捕捉切换开关）　，在出现的对话框中选中Vertex（顶点），如图12-8所示，然后单击 ✕ 按钮关闭对话框。

图12-8 捕捉参数的设置

在主工具条上用鼠标单击捕捉切换开关　，或者按快捷键S打开捕捉，使用选择和移动工具　，将鼠标光标移动到六边形的一个顶点，直至看到一个青色的十字光标出现，如图12-9所示，则表示Vertex（顶点）捕捉已起作用。

这时拖动鼠标至五边形的要对齐的顶点直至该顶点也出现青色的十字光标，如图12-10所示。

松开鼠标后两个多边形就对齐了，如图12-11所示。由于前面设置的数值已经过精确计算，所以两个多边形的边正好对齐并相等。

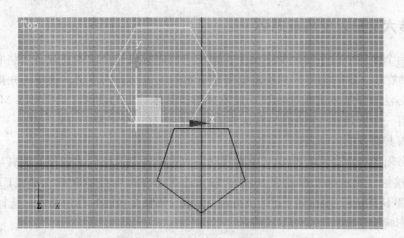

图12-9　多边形对齐示意图1

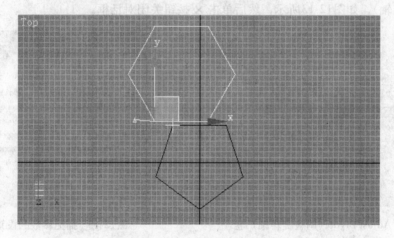

图12-10　多边形对齐示意图2

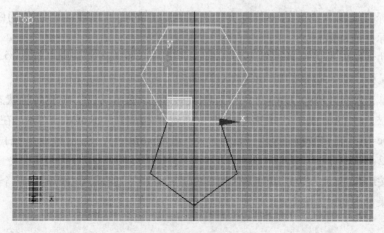

图12-11　对齐后的两个多边形

12.3   旋转六边形以便构成球体

现在的两个多边形位于同一个平面上。要使它们能构成一个球体，就必须将它们绕着屏幕坐标系的X轴旋转一定的角度，并且需要复制更多的五边形和六边形。该旋转角度需要精确计算，其计算方法属于基本的数学知识，故本书不作具体计算的讲解。对于3DS MAX建立的每一个对象都有一个旋转轴（Pivot），默认的旋转中心在每一个对象的中心（质心），旋转时，旋转对象将绕着其自身的Pivot旋转。

因此，必须先将六边形的Pivot从中心移动到底边的左顶点上，才能使其旋转后保持原来接触的边仍然接触。用选择和移动工具 ✛ 选取六边形，在命令控制面板上单击Hierarchy（层级） 品 ，在默认的选项 Pivot 下，在Adjust Pivot（调整旋转轴）卷帘窗中，选择Affect Pivot Only（仅仅影响旋转轴），如图12-12所示。

用鼠标右键单击Snaps Toggle（捕捉切换开关）✎³，在出现的对话框中选中Vertex（顶点）和Pivot（旋转轴），如图12-13所示，然后单击 ✕ 按钮关闭对话框。

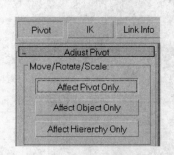

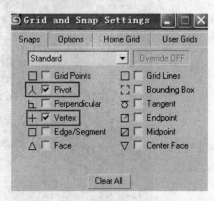

图12-12 Adjust Pivot（调整旋转轴）卷   图12-13 捕捉参数的设置
        帘窗中的Affect Pivot Only选项

将鼠标光标移动到六边形的一条边上，当在六边形的周围出现一个青色的框如图12-14所示时，按下鼠标并拖动鼠标。

当鼠标拖动到接近五边形时，在上边左顶点上显示一个青色的十字，如图12-15所示。

此时松开鼠标，则六边形的Pivot就自动移动到了五边形上边左顶点上了。

然后再次单击Affect Pivot Only（仅仅影响旋转轴），退出仅仅影响旋转轴状态。

在六边形被选中的情况下，用鼠标右键单击选择和旋转（Rotate）↻，在出现的Rotate Transform Type-In（旋转变换输入）对话框中，在Absolute:World（绝对坐标）的X框里输入37.377，如图12-16所示。

输入数值按Enter键后六边形就绕着X轴旋转了37.377°。旋转六边形后的两个多边形在场景中的位置及效果如图12-17所示。

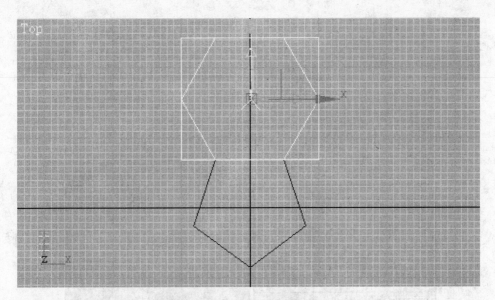

图12-14　六边形周围出现青色框

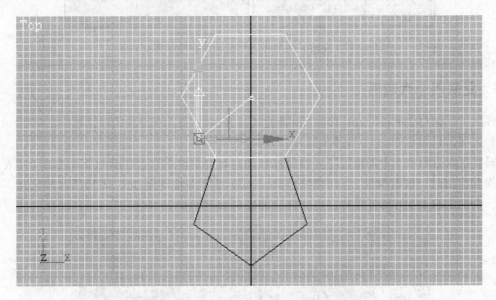

图12-15　五边形上边左上角出现青色的十字

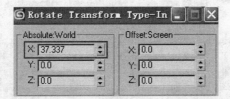

图12-16　Rotate Transform Type-In（旋转变换输入）对话框

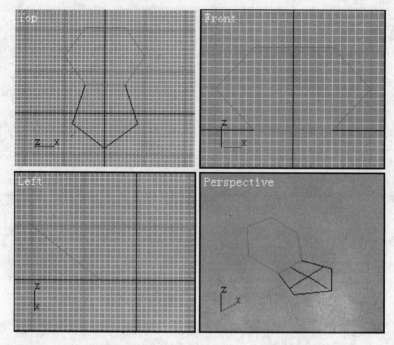

图12-17　旋转后两个多边形在场景中的位置及效果

12.4　复制四个六边形

再次用鼠标右键单击Snaps Toggle（捕捉切换开关）　，在出现的对话框中去掉Pivot（旋转轴）选项，只保留Vertex（顶点）选项。

同样在六边形被选中的情况下，当鼠标移动到底边左顶点附近显示一个青色的十字表示顶点捕捉起作用时，按着键盘上Shift键的同时，鼠标按下并拖动至如图12-18所示的位置，在显示出一个青色的十字时松开鼠标。

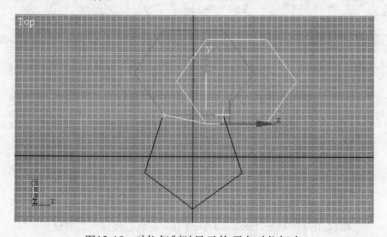

图12-18　对位复制时显示的顶点对位标志

在出现的复制对话框中选择Instance（实例），则复制后的六边形如图12-19所示。

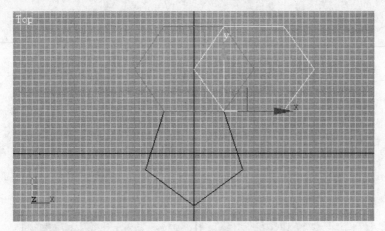

图12-19 六边形复制后的位置

按键盘上的S键或单击Snaps Toggle（捕捉切换开关）🔢退出捕捉状态，在选中复制的六边形的情况下，用鼠标右键单击选择和旋转 ↻，在出现的Rotate Transform Type-In对话框中，在Absolute:World（绝对坐标）的Z框里输入−72，如图12-20所示。

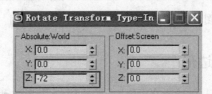

图12-20 Rotate Transform Type-In（旋转变换输入）对话框

旋转后的六边形如图12-21所示。

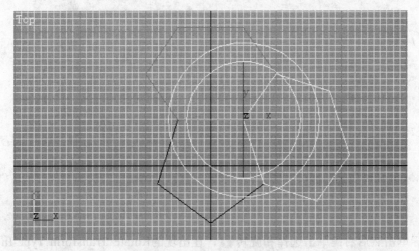

图12-21 六边形旋转后的位置

用同样的方法复制另外三个六边形并进行同样的旋转，则会得到如图12-22所示的图形。

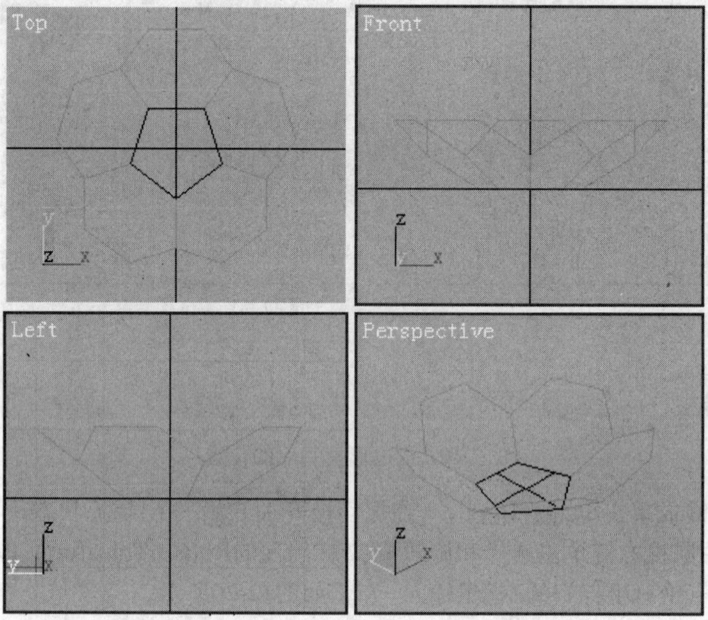

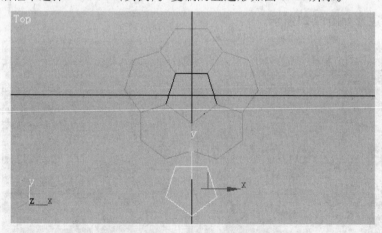

图12-22 复制四个六边形后的场景视图

12.5 复制并旋转五个五边形

选中五边形，在按住键盘上Shift键的同时，按住鼠标往下拖动一定的距离后松开鼠标，在出现的复制对话框中选择Instance（实例）。复制的五边形如图12-23所示。

图12-23 复制的五边形在Top视图中的位置

先用鼠标单击然后右键单击选择和旋转⟳，在出现的Rotate Transform Type-In对话框中，将Absolute:World（绝对坐标）的Z框里的数值改为90，如图12-24所示。

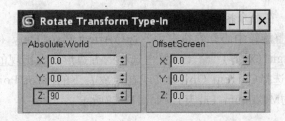

图12-24　Rotate Transform Type-In（旋转变换输入）对话框

旋转后的结果如图12-25所示。

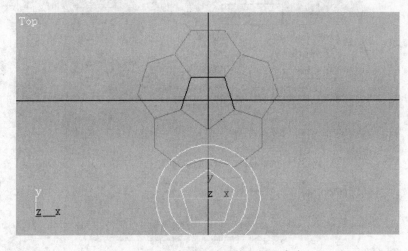

图12-25　五边形旋转后的位置和方向

重新打开捕捉功能，用选择和移动工具 ✛，将鼠标光标移动到五边形的最上边的顶点附近，直到出现一个青色的十字光标，按下鼠标并拖动鼠标至五边形顶点对着的六边形的顶点附近出现一个青色的十字光标时，松开鼠标，则五边形准确定位到如图12-26所示的位置。

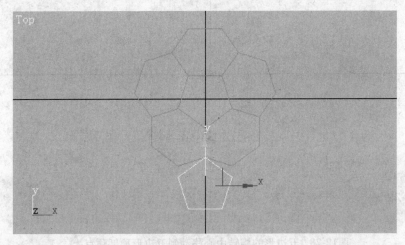

图12-26　五边形移动定位后的位置

选中复制的五边形，在命令控制面板上单击Hierarchy（层级）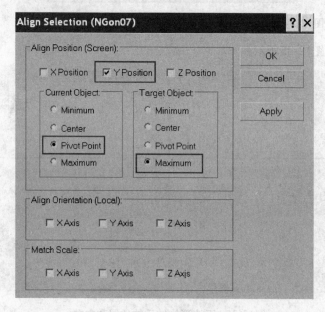，在默认的选项 Pivot
下，在Adjust Pivot（调整旋转中心）卷帘窗中，选择Affect Pivot Only（仅仅影响旋转轴）。然
后在主工具条上单击Align（对齐）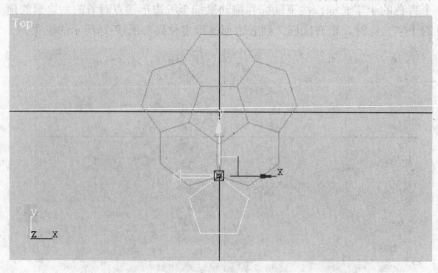，再单击选中的五边形，在出现的对齐对话框中只选择
Y Position（Y位置），选择Current Object（现在对象）下的Pivot Point（旋转轴），Target
Object（目标对象）下的Maximum（最大），如图12-27所示。

图12-27 对齐对话框的选项设置

然后单击OK按钮，则五边形的旋转中心就移动到了五边形的顶部顶点上了，如图12-28所示。

图12-28 五边形的旋转中心移动到五边形顶部顶点上

按键盘上的S键退出捕捉状态。先用鼠标单击然后右键单击选择和旋转工具 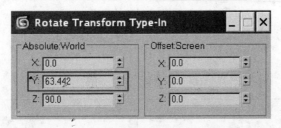，在出现的 Rotate Transform Type-In对话框中，在Absolute:World（绝对坐标）的Y轴框里输入63.442，如 图12-29所示。

图12-29 Rotate Transform Type-In（旋转变换输入）对话框

经旋转后的五边形在场景中的位置及方向如图12-30所示。

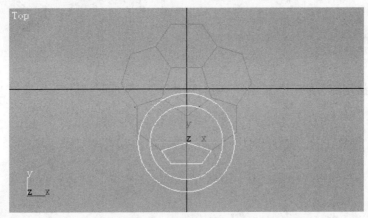

图12-30 旋转后的五边形在场景中的位置与方向

采用复制六边形相同的方法，复制一个五边形，如图12-31所示。

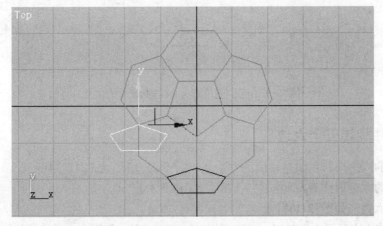

图12-31 复制一个五边形的位置

用前述相同的旋转方法，将该五边形绕绝对坐标的Z轴旋转−72°。旋转后的五边形的位置和方向如图12-32所示。

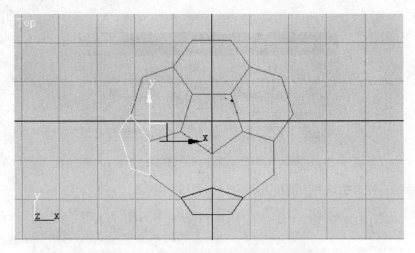

图12-32　五边形旋转后的位置与方向

用同样的方法复制另外三个五边形并进行同样的旋转，则会得到如图12-33所示的图形。

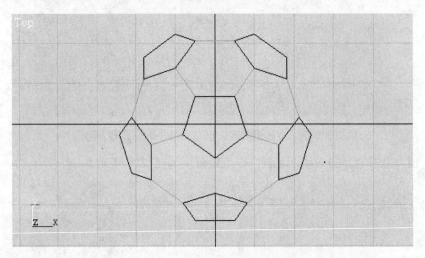

图12-33　五个五边形复制与旋转后的位置

12.6　复制并旋转五个六边形

选中上边的六边形，用前述相同的方法复制一个六边形，如图12-34所示。

将新复制的六边形绕着X轴旋转79.178°，如图12-35所示。

旋转后的六边形如图12-36所示。

将旋转后的六边形再次复制4个，并分别绕Z轴旋转−72°。复制完成后的场景如图12-37所示。

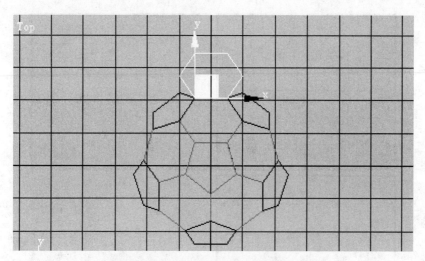

图12-34　复制一个六边形的位置和方向

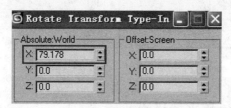

图12-35　Rotate Transform Type-In（旋转变换输入）对话框

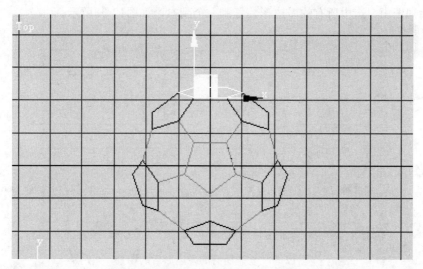

图12-36　旋转后的六边形的位置与方向

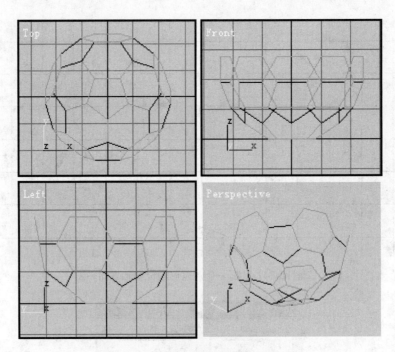

图12-37　完成六边形复制后的场景

12.7　复制并对位所制作的半球构成球体

在Front视图中，选中所有的多边形，复制一个副本，如图12-38所示。

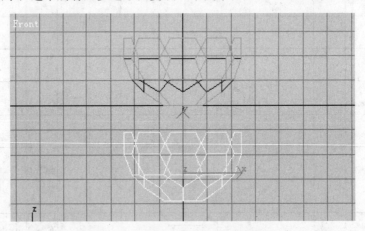

图12-38　复制所有的多边形后的场景

在Front视图中，将新复制的多边形绕Z轴旋转180°。再用鼠标右键单击Top视图切换到Top
视图。在Top视图中将新复制的多边形绕Z轴旋转36°。旋转后的图形如图12-39所示。

在键盘上按S键打开捕捉切换开关，用选择和移动工具 ⊕ ，在Front视图中将鼠标移动到如

图12-40所示的一个六边形的顶点附近，出现一个青色的十字光标时，鼠标拖动，所选中的多边形跟着移动。

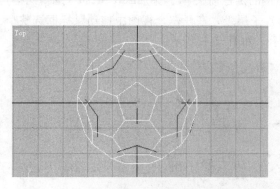 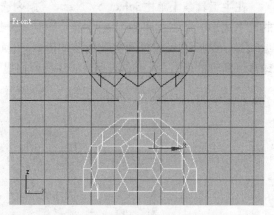

图12-39 复制旋转后的多边形的位置及方向　　　　图12-40 捕捉提示移动多边形的顶点

当移动到在4个视图中看到如图12-41所示的位置并在对应的一个顶点上出现青色的十字光标时，松开鼠标，则正好对位构成一个球体。

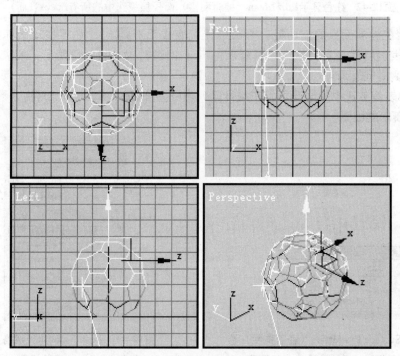

图12-41 移动对位构成的球体

12.8　添加编辑器

在主工具条上单击Select by Name（据名选择）工具 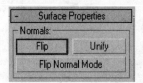，在出现的对话框中选择All（所有的）多边形。单击编辑器列表 `Modifier List` 右侧的黑色箭头 ▾，添加Edit Mesh（编辑网格）编辑器，然后进入编辑网格编辑器的Faces（面）子层级，在任一个视图中拖动鼠标框选整个球体（所有的面），则所有的面变成红色网格显示，如图12-42所示。

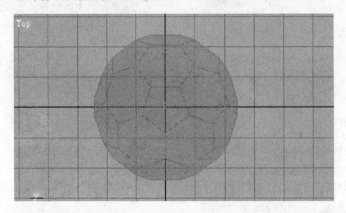

图12-42　红色显示Edit Mesh（编辑网格）面子层级选中的所有Faces（面）

将鼠标放在控制面板的空白处，当鼠标光标变成手形 时，往下拖动鼠标找到Surface Properties（表面特性）卷帘窗，用鼠标单击Flip（反转）如图12-43所示，使表面的Normal（法线）方向由向里改为向外。

在所有的表面被选中的情况下，在编辑器列表中添加Mesh Smooth（网格光滑）编辑器并作如图12-44所示的设置。

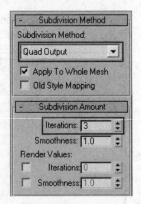

图12-43　Surface Properties（表面特性）卷
帘窗中的Flip（反转法线方向）选项

图12-44　Mesh Smooth（网格光滑）
编辑器的参数设置

再添加一个Spherify（球化）编辑器，其Percent（百分比）保留默认设置100。现在的足球已从平面构成变为了球面构成了。为了使球面具有凸出的表面，再添加一个Face Extrude（表面凸出）编辑器，其凸出的Amount（数值）设置为3。为了使足球的连接处有缝的感觉，再次添加一个Mesh Smooth（网格光滑）编辑器并作同上一个网格光滑编辑器同样的设置。现在的足球模型如图12-45所示。

图12-45　完成的足球模型

图12-45是添加了以上编辑器的足球模型。为了理解所添加编辑器的不同效果，可以在如图12-46所示的编辑堆栈中逐个关闭各个编辑器，这样就可以很清楚地看出各个编辑器的效果了。

分别用鼠标单击Edit Mesh、Mesh Smooth、Spherify、Face Extrude和Mesh Smooth左侧的灯泡，当其变成灯泡时，相对应的编辑器就不起作用了，这样就可以很清楚地理解该编辑器的功能。当再次单击灯泡，则又恢复为灯泡，该编辑器又重新起作用了。图12-47～图12-51是在编辑堆栈中由下往上依次关闭各个编辑器时足球在场景中的显示情况。

图12-47所示为只关闭Edit Mesh时的足球模型。

图12-46　足球的编辑堆栈

图12-47　关闭Edit Mesh时的足球模型

图12-48所示为只关闭Mesh Smooth时的足球模型。

图12-48   关闭Mesh Smooth时的足球模型

图12-49所示为只关闭Spherify时的足球模型。

图12-49   关闭Spherify时的足球模型

图12-50所示为只关闭Face Extrude时的足球模型。

图12-50   关闭Face Extrude时的足球模型

图12-51所示为关闭第2个Mesh Smooth时的足球模型。

图12-51　关闭第2个Mesh Smooth时的足球模型

12.9　添加材质

首先选中所有的五边形，可以使用Select by Name（据名选择）　，按键盘上的M键或在主工具条上单击 打开材质编辑器，选中第1个样本球，设置Diffuse（漫散射）颜色为黑色，如图12-52所示。单击Assign Material to Selection（赋材质给选择对象）　将该种材质赋给所有的五边形。

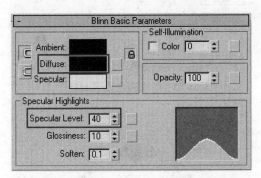

图12-52　五边形黑色颜色的参数设置

再选中第2个样球，设置Diffuse（漫散射）颜色为白色，如图12-53所示。用Select by Name工具 的Invert（反选）选中所有的六边形，用上述同样的方法将该种材质赋给所有的六边形。

在主菜单的Rendering（渲染）中选择Environment（环境），如图12-54所示。

在环境设置对话框中单击环境颜色，设置环境的颜色为浅绿色（R=175；G=233；B=183），如图12-55所示。

渲染后的足球效果如图12-56所示。

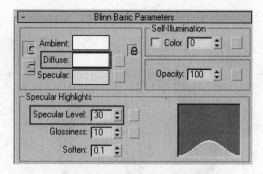

图12-53 六边形白色颜色的参数设置

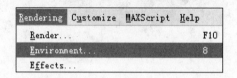

图12-54 Environment（环境）子菜单

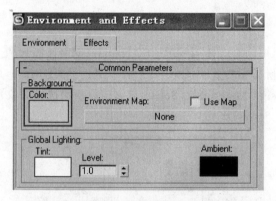

图12-55 环境颜色设置对话框

图12-56 渲染后的足球效果图

12.10　小结

本章制作的足球是一个非常精确的模型，构成足球的五边形和六边形的尺寸和旋转角度均需要精确的计算。本章用到了较多的技巧实现精确对位，这些技巧需要读者在实际操作中去掌握。本章涉及的捕捉选项的设置、Affect Pivot Only（仅仅影响旋转轴）、Align（对齐）以及Flip（反转法线方向）等的使用也都需要不断地练习才能掌握。

Edit Mesh（编辑网格）、Mesh Smooth（网格光滑）、Spherify（球化）和Face Extrude（表面凸出）等也是一些常用的编辑器，读者需要对这些编辑器的参数有很好的了解才可以达到较好的设计效果。

习题12

1. 什么是捕捉？捕捉的功能是什么？
2. Spherify（球化）编辑器的作用是什么？
3. Face Extrude（表面凸出）编辑器的作用是什么？
4. 按照本章中介绍的方法制作足球的关键是什么？如不注意这些关键将会出现什么情况？
5. 为什么要移动对象的Pivot？在什么情况下需要移动对象的Pivot？
6. Flip（反转法线）的作用是什么？
7. 制作如图12-57所示的篮球。
8. 制作如图12-58所示的排球。

图12-57　篮球

图12-58　排球

第13章 碰 撞 动 画

本章学习内容

- 立方体（Box）
- 球体（Sphere）
- 重力场（Gravity）
- 泛光灯（Omni）
- 关键帧动画
- 指定对象效果（Assign Object Effects）
- 指定对象碰撞（Assign Object Collisions）
- 视频渲染

13.1 创建滑板

1) 用鼠标单击Create（创建） ，选中Geometry（几何体） ，单击Box（立方体），如图13-1所示。

在Top视图中拖动鼠标一定的距离，然后松开鼠标，画出立方体的底面或顶面，然后往上或往下移动鼠标一定的距离，单击鼠标画出立方体的高度。直接在Parameters（参数）卷帘窗或在Modify（编辑） 的Parameters（参数）卷帘窗中，将Length（长度）设置为100.0，Width（宽度）设置为500.0，Height（高度）设置为10.0如图13-2所示，然后命名为滑板。

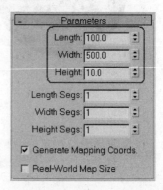

图13-1 Create（创建）立方体的命令面板   图13-2 滑板的Parameters（参数）设置

2) 选中滑板，在主工具条中单击Select and Move（选择和移动）工具 ，用鼠标右键单击底部位置坐标三个坐标输入框右侧的上下箭头 ，将三个坐标值均设置为0，使滑板位于坐标系的中心。此时的滑板如图13-3所示。

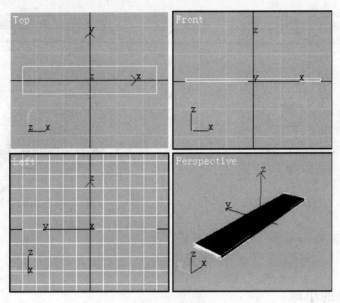

图13-3　滑板在场景中的位置

13.2　创建碰撞的立方体立板和横板

用同样的方法在Top视图中建立另外两个用以作为碰撞的立方体，如图13-4所示，并分别命名为立板和横板。

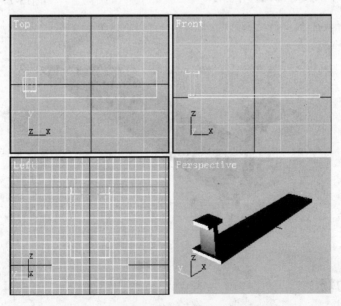

图13-4　立板和横板在视图中的位置关系

立板和横板的参数分别设置如图13-5和图13-6所示。

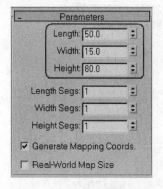

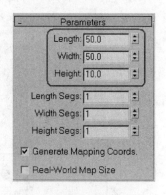

图13-5　立板的参数设置　　　　　图13-6　横板的参数设置

立板的位置坐标为 ⊕ X:-235.0 Y:0.0 Z:10.0 。
横板的位置坐标为 ⊕ X:-235.0 Y:0.0 Z:90.0 。

13.3　创建碰撞的小球

用鼠标单击创建，选中几何体，单击Sphere（球体），在Top视图中创建一个球体并命名为碰撞球。碰撞球的参数设置如图13-7所示。

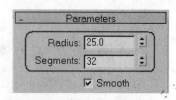

图13-7　碰撞球的参数设置

碰撞球的位置坐标设置为 ⊕ X:200.0 Y:0.0 Z:35.0 。

碰撞球在场景中的位置如图13-8所示。

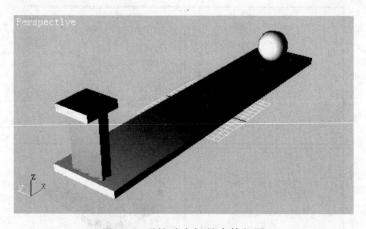

图13-8　碰撞球在场景中的位置

13.4　创建重力场

用鼠标单击创建，选中Space Warp（空间变形），在Object Type（对象类型）卷帘窗中，单击Gravity（重力场），如图13-9所示。

在Top视图中拖动鼠标画出一个重力场并命名为重力场，重力场在场景中的位置并不影响其产生的作用，但其方向必须向下，如果不向下，可以用选择和旋转工具 ↻ 进行旋转。但为了设计的规范，本书的作者建议设置重力场的位置和Icon（图标）的大小。保持重力场的Strength（强度）和Decay（衰减）为默认值，设置Icon Size（图标大小）为50.0，如图13-10所示。

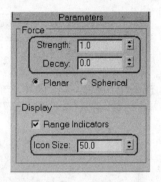

图13-9　空间变形中的Gravity（重力场）　　　图13-10　Gravity（重力场）参数的设置

将重力场的位置坐标设置为 ⊞ X 0.0　Y -0.0　Z 200.0 。重力场在场景中的大小与位置如图13-11所示。

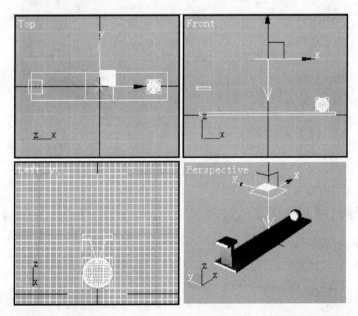

图13-11　重力场在场景中的大小与位置

13.5　创建灯光

用鼠标单击创建 ↖，选中Light（灯光） ⚲，在Object Type（对象类型）卷帘窗中，单击

Omni（泛光灯），如图13-12所示。

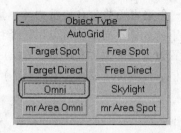

图13-12　选择灯光中的Omni（泛光灯）

　　在Top视图中用鼠标单击创建一个泛光灯并命名为泛光灯，然后用选择和移动工具 ✛ 将其位置坐标调整为 ⊞ X -500.0 、 Y 0.0 Z 200.0 。创建的泛光灯在场景中的位置如图13-13所示。

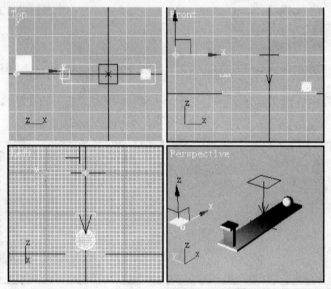

图13-13　泛光灯在场景中的位置

13.6　设置小球运动的初速度

　　将Time Slide（时间滑块）拖动到第5帧，如图13-14所示。
　　然后按下Auto Key Mode（自动关键帧动画键），如图13-15所示。

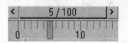

图13-14　时间滑块

图13-15　关键帧动画键

　　选中碰撞球，将其位置坐标调整为 ⊞ X 110.0 Y 0.0 Z 35.0 ，此时在时间线（Timeline）的0帧和5帧处分别创建了两个关键帧，这样就给了小球一个初速度，即小球在5帧的时间里运动了90个单位。这个初速度的设置是这个动画成功与否的关键，至少要保证小球在设置的时间线里运动到结束能碰撞到被碰撞的板。设置不同的初速度，其碰撞的结果会有很大的差别，这与实际的碰撞是相似的，因为碰撞的动画效果是系统根据设置的参数进行数学计算得到的。读者可以设置不同的初速度，以观看其碰撞的效果。当然到目前为止，还看不到碰撞的效果，还需要进行以下的设置。

13.7　添加及设置动力学系统

用鼠标单击创建，选中Utilities（应用），在命令面板中找到Dynamics卷帘窗，如图13-16所示。

如果在命令面板中找不到Dynamics卷帘窗，则需要在Utilities卷帘窗中用鼠标单击More（更多）或者Configure Button Sets（设置按钮组），如图13-17所示。

图13-16　Dynamics卷帘窗

图13-17　Utilities卷帘窗

在分别弹出的对话框中选择Dynamics，如图13-18或图13-19所示。

图13-18　Utilities卷帘窗的More对话框

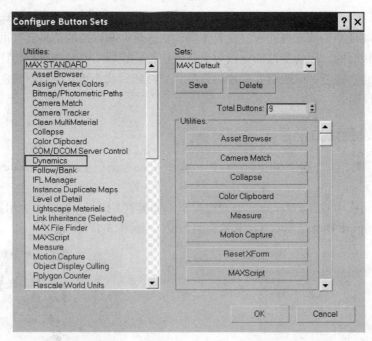

图13-19　Utilities卷帘窗的Configure Button Sets对话框

在如图13-16所示的Dynamics卷帘窗中，单击New（新建），则一个默认名称为Dynamics00的动力学系统出现在Simulation Name（仿真名称）框中，如图13-20所示。

图13-20　Dynamics卷帘窗

用鼠标单击图13-20中的Edit Object List（编辑对象列表），在弹出的对话框中（如图13-21所示），单击左边框下侧的All（所有），选择所有的对象，再单击按钮 `›`，将选择的对象移动至右侧的框内，然后单击OK按钮关闭对话框。

用鼠标单击图13-20中的Edit Object（编辑对象），在弹出的如图13-22所示的对话框中，在OBJECT（对象）下拉框中选中"滑板"，在Dynamic Controls（动力学控制）组中选中This Object is Unyielding（该对象为不动），如图13-22所示。这样滑板在计算时就成为固定不动的对象了。

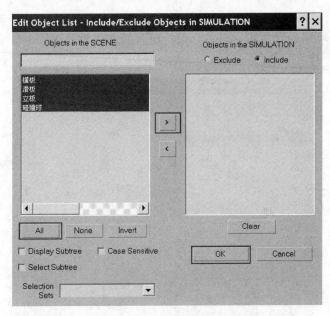

图13-21 Edit Object List（编辑对象列表）对话框

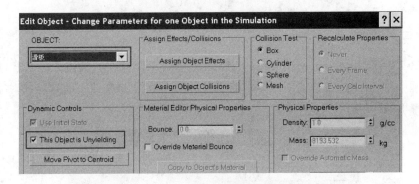

图13-22 Edit Object（编辑对象）对话框

在OBJECT下拉框中选中"立板"，在Dynamic Controls组中选中Use Initial State（使用初始状态），其他选项保持默认值，然后单击Assign Object Effects（指定对象效果），如图13-23所示。

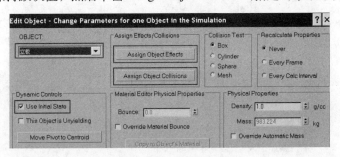

图13-23 Edit Object对话框

在如图13-24所示的Assign Object Effects对话框中，选中左框中的重力场，然后单击 › 按钮，将重力场移动到右边的框中，保持所有的选项为默认值，最后单击OK按钮关闭对话框。

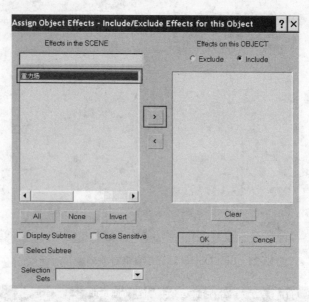

图13-24 Assign Object Effects对话框

单击图13-23所示中的Assign Object Collisions（指定对象碰撞）按钮，在弹出的如图13-25所示的对话框中单击All按钮，选中左框中的所有对象，单击 › 按钮，将选中的对象移动到右边的框中，再单击OK按钮关闭对话框。

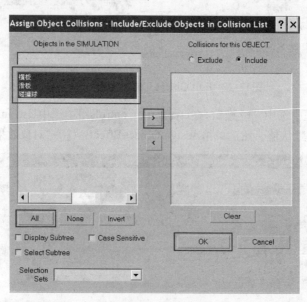

图13-25 Assign Object Collisions对话框

对横板和碰撞球做同样的操作和设置。另外，对于碰撞球应在如图13-26所示的Edit Object（编辑对象）对话框的Collision Test（碰撞检测）组框中选中Sphere（球体）。

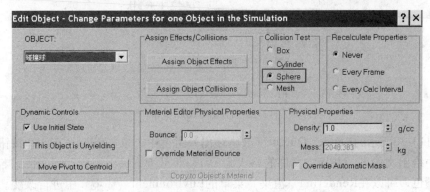

图13-26　Edit Object对话框

13.8　数学计算及动画渲染输出

做好以上设置以后，就可以让系统进行数学计算了。前面已给碰撞球设置了初速度，即前5帧为碰撞球的初始运动，从第5帧以后的运动则由系统计算出。在Timing & Simulation（时间与仿真）卷帘窗中将Start Time（起始时间）设置为5，如图13-27所示。这一步很关键，如果忽略了这一步将得不出碰撞的结果。

不要选中任何对象，在Dynamics卷帘窗中，找到Solve（求解）组框，单击Solve按钮，如图13-28所示。

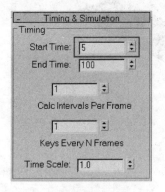

图13-27　时间与仿真卷帘窗中的Start Time设置

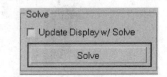

图13-28　Solve组框

经过一段时间的计算，碰撞效果的动画就完成了。单击Play Animation（播放动画）键▶，就可以在Perspective视图中观看完整的碰撞动画了。

最终还应渲染生成视频动画。在主菜单的Rendering（渲染）菜单中，单击Render（渲染），在Render Scene（渲染场景）对话框的基本参数卷帘窗中，选择Time Output（时间输出）组框中的Active Time Segment（激活的时间段），如图13-29所示。

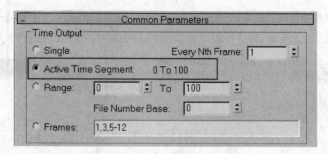

图13-29　Time Output组框

在如图13-30所示的Render Output（渲染输出）组框中，单击Files（文件）按钮，在弹出的对话框中给出文件名，并指定文件的格式为AVI，即可渲染输出视频动画文件。若想改变场景的背景颜色，可以在Rendering（渲染）菜单的Environment（环境）中进行改变。渲染完成后就可以应用常用的视频播放系统观看碰撞效果了。

图13-30　Render Output组框

渲染后碰撞动画的一帧如图13-31所示。

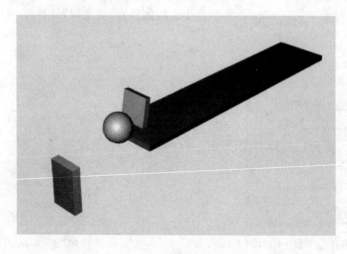

图13-31　碰撞动画的一帧

13.9　小结

动画功能是3DS MAX的最主要功能之一。3DS MAX制作动画的方法很多，本实例只是一个简单的动力学系统动画的基本示例。

　　本实例通过在场景中加上一个Gravity（重力场），从而使场景中的对象都受到了重力场的作用。然后通过设置各个对象之间的相互作用关系，通过系统的数学计算方法计算出系统的相互作用关系。本实例设置了一个球体在一个静止的板上滑动（注意：不是滚动，如果读者感兴趣，可以让球在静止的板上滚动），突然碰撞到两块摆在一起的板上，从而发生碰撞。这样的碰撞效果，只有通过数学和力学的计算才能获得逼真的效果。

　　本实例的关键是设置各个对象的属性以及各个对象之间的相互关系，包括Dynamic Control的设置、Assign Object Effects（指定对象效果）、Assign Object Collisions（指定对象碰撞）和Collision Test（碰撞检测）组的设置等。另外，运动对象初速度的设置也必须合理。

习题13

　　1. 什么是关键帧动画？

　　2. Omni（泛光灯）是指什么样的灯光？

　　3. 什么是View（视图）坐标？什么是Local（局部）坐标？

　　4. 设置小球的初速度时应注意什么？

　　5. 在滑板位于倾斜方向时，在设置小球的初速度时，如何才能保证小球沿斜面方向滑动而不离开斜面？

　　6. 本实例的滑板位于水平位置，如果滑板是一个斜面，试分别说明如果小球沿上坡斜面或下坡斜面滑动将会出现什么情况？

　　7. Collision Test（碰撞检测）的含义是什么？

　　8. 为什么应将动画渲染成视频的格式？

　　9. 设计与制作如图13-32所示的喷水动画。

　　10. 设计与制作如图13-33所示的摇头电扇动画。

图13-32　喷水动画

图13-33　摇头电扇动画

第14章 窗帘动画

本章学习内容

- 立方体（Box）
- 布尔运算（Boolean）
- 圆柱体（Cylinder）
- 平面（Plane）
- 贴图材质与材质库 Mtl Library 材质
- 泛光灯（Omni）
- 反应器（Reactor）工具条
- 创建刚体集（Create Rigid Body Collection）
- 布料质量（Mass）
- 反应器布料 reactor Cloth 编辑器及顶点（Vertex）编辑
- 顶点约束 Constraints 的固定顶点 Fix Vertices
- 刚体集特性 RB Collection Properties 的设置
- 布料集（Create Cloth Collection）
- 风力场（Create Wind）
- 风力场特性 Properties
- 预览动画（Preview Animation）
- 特性编辑器（Property Editor）
- 创建动画（Create Animation）

14.1 用立方体建立墙面和窗户

1）单击Create（创建） ，选中Geometry（几何体） ，在Object Type（对象类型） - Object Type 中选择Box（立方体）。

在Front视图中建立一个立方体，并命名为"墙面"，在Modify（编辑） 的Parameters（参数）卷帘窗中，设置墙面的参数如图14-1所示。

选中墙面，在主工具条中单击Select and Move（选择和移动）工具 ，在底部的位置坐标框 中把X、Y和Z的坐标值都设置为0.0，使墙面定位于坐标系的中心。

此时墙面在场景中的位置如图14-2所示。

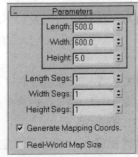

图14-1 墙面的参数设置

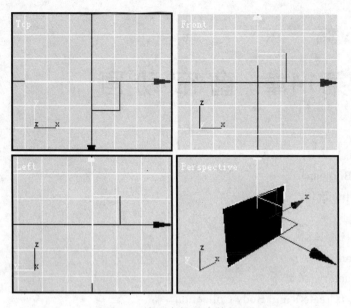

图14-2 墙面在场景中的位置

2）在Front视图中再创建一个立方体，并命名为"窗户"，窗户的参数设置如图14-3所示。

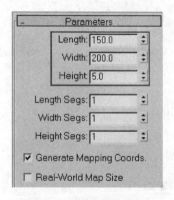

图14-3 窗户的参数设置

将窗户的位置调整为 ⊞ × 0.0   ↕ Y 0.0   ↕ Z 0.0   ↕ ，使窗户也定位于坐标系的中心。

此时墙面和窗户在场景中的位置如图14-4所示。

3）选中墙面，单击Create 🔦 ，在标准体元 Standard Primitives ▼ 下拉列表中选择复合体 Compound Objects 。

然后在对象类型 - Object Type 卷帘窗中选择Boolean（布尔运算），如图14-5所示。

在拾取布尔运算 + Pick Boolean 卷帘窗中，单击拾取运算对象B（第1个选中的对象为布尔运算A） Pick Operand B ，如图14-6所示。

在视图中单击选择窗户，则墙面立方体减去窗户立方体形成了在墙面上开的一个窗户，此时生成了一个新的布尔运算对象，如图14-7所示。

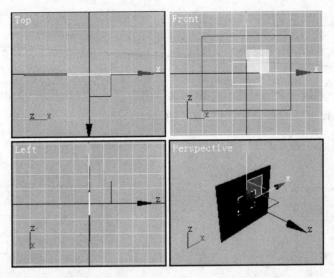

图14-4　墙面和窗户在场景中的位置

图14-5　复合体对象类型卷帘窗中的Boolean运算

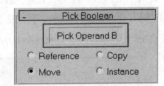

图14-6　拾取布尔运算卷帘窗中的拾取运算对象B

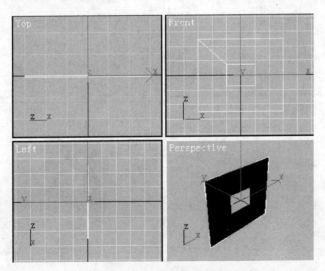

图14-7　新生成的布尔运算对象

14.2　用圆柱体建立窗帘杆

1）单击创建，选中几何体，在对象类型 Object Type 卷帘窗中选择Cylinder（圆柱体），如图14-8所示。

2）在Left视图中创建一个圆柱体，并命名为"窗帘杆"。在Modify（编辑）的Parameters（参数）卷帘窗中，窗帘杆的参数设置如图14-9所示。

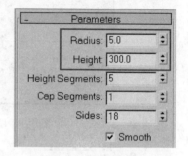

图14-8　Create（创建）圆柱体的命令面板　　　　图14-9　窗帘杆的参数设置

3）选中窗帘杆，在主工具条中单击选择和移动工具，将其位置坐标调整为 X 150.0 Y -15.0 Z 110.0 ，使窗帘杆定位于窗户上的合适位置。

窗帘杆在场景中的位置如图14-10所示。

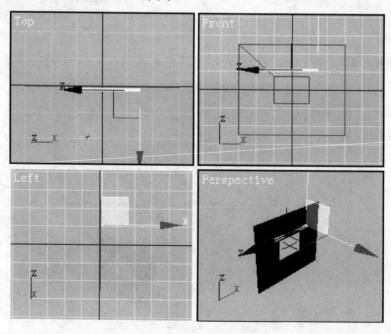

图14-10　窗帘杆在场景中的位置

14.3　创建平面作为窗帘

1）单击Create（创建），选中Geometry（几何体）◎，在Object Type（对象类型）- Object Type 中选择Plane（平面体），如图14-11所示。

　　在Front视图中建立一个Plane，并命名为"窗帘"，在Modify（编辑）◢的Parameters（参数）卷帘窗中，窗帘的参数设置如图14-12所示。

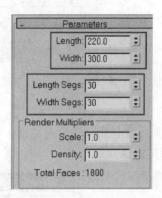

图14-11　创建Plane（平面）的命令面板　　　　　　图14-12　窗帘的参数设置

2）将窗帘的位置调整为 ⊕ X 0.0　　　Y -21.0　　Z 0.0 ，使窗帘位于窗户的合适位置。此时窗帘在场景中的位置如图14-13所示。

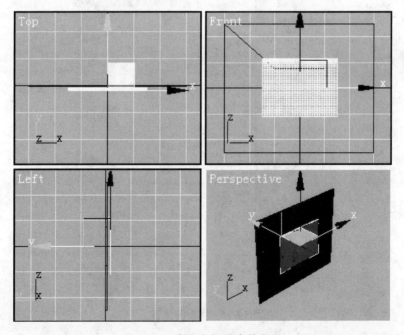

图14-13　窗帘在场景中的位置

14.4　给窗帘添加材质

在键盘上按M键，或者用鼠标单击主工具条上的Material Edit（材质编辑器） 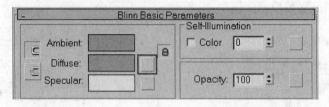 打开材质编辑器，选择材质编辑器的第一个（也可以选择其他的）样本球，在Blinn基本参数 - Blinn Basic Parameters 卷帘窗中，单击漫散射 Diffuse: □ 后的漫散射贴图按钮 □，如图14-14所示。

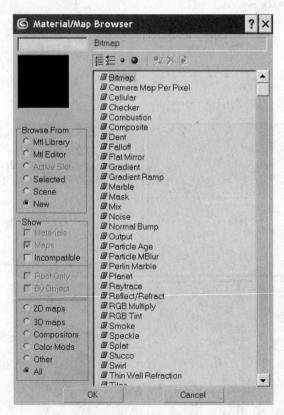

图14-14　Blinn基本参数卷帘窗

单击 □ 出现材质浏览器对话框，如图14-15所示，用鼠标双击Bitmap，或者单击Bitmap后，再单击OK按钮。

图14-15　材质浏览器

单击OK按钮后则位图文件选择窗口打开，如图14-16所示，在文件窗口中选择需要的位图文件，单击"打开"按钮。

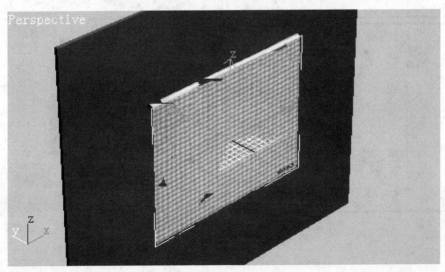

图14-16 位图文件选择窗口

　　位图文件打开后样本球上就显示了所选的材质，然后单击材质编辑器中的Assign Material to Selection（赋材质于选择对象）　，将材质添加到窗帘上。再单击材质编辑器中的Show Map in Viewport（在视图中显示贴图）　，使材质在视图中的窗帘上显示出来。至此窗帘材质添加完毕。

　　添加材质后的窗帘在Perspective视图中的效果如图14-17所示。

图14-17 添加材质后的窗帘

14.5 用立方体建立侧墙和地面

1) 在Left视图中创建一个立方体，并命名为"侧墙面"，在Parameter卷帘窗中，设置侧墙面的参数，如图14-18所示。

将侧墙面的位置调整为 ⊕ X 300.0 ⇕ Y -300.0 ⇕ Z 0.0 ，使侧墙面处于场景的合适位置。

此时侧墙面在场景中的位置如图14-19所示。

2) 在Top视图中创建一个立方体，并命名为"地面"，地面的参数设置如图14-20所示。

将地面的位置坐标调整为 ⊕ X -5.0 ⇕ Y -300.0 ⇕ Z -250.0 ，使地面处于场景中的合适位置。

地面在场景中的位置如图14-21所示。

3) 用右下角视图导航区的视场（Field of View）工具 ▷，将Perspective视图调整到如图14-22所示的大小。

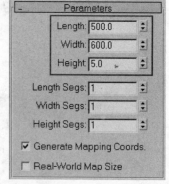

图14-18 侧墙面的参数设置

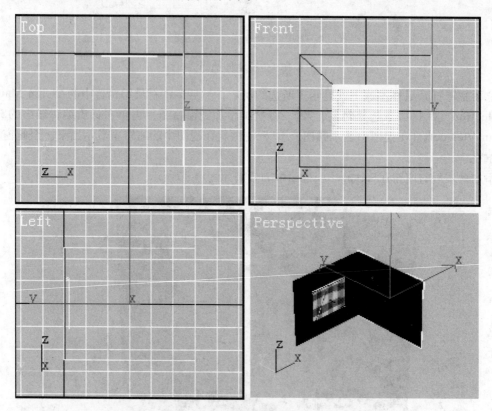

图14-19 侧墙面在场景中的位置

图14-20　地面参数的设置

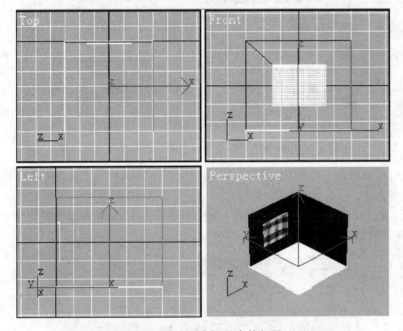

图14-21　地面在场景中的位置

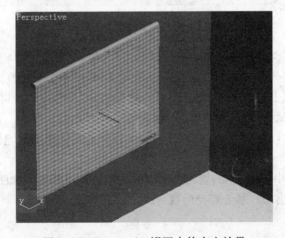

图14-22　Perspective视图中的窗帘效果

14.6　给墙面和地面添加材质

同时选中墙面和侧墙面，按键盘上的M键，或者单击主工具条上的材质编辑器 ▓ 打开材质编辑器。选择材质编辑器中的第二个样本球，在Blinn基本参数 Blinn Basic Parameters 卷帘窗中，单击漫散射 Diffuse: 后的颜色选择框，将其颜色设置成白色，设置参数Specular Level（反光水平），如图14-23所示。

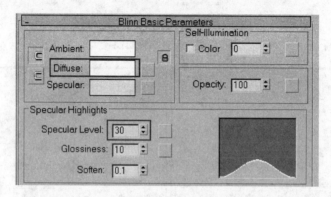

图14-23　Blinn基本参数卷帘窗中的颜色和反光水平设置

然后单击材质编辑器中的Assign Material to Selection（赋材质于选择对象） ▓ ，将材质添加到墙面和侧墙面上。

选中地面，选择材质编辑器中的另外一个样本球，在Blinn基本参数卷帘窗中，单击漫散射 Diffuse: 后的漫散射贴图按钮 ▓ ，如图14-24所示。

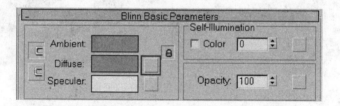

图14-24　Blinn基本参数卷帘窗的Diffuse贴图按钮

单击 ▓ 后出现材质浏览器对话框，单击材质库 Mtl Library ，选择View Large Icons（大图标显示） ▣ ，选择如图14-25所示的地板材质，然后单击OK按钮关闭材质浏览器。

此时所选的样本球上已经显示出了选中的地板材质，然后单击材质编辑器中的Assign Material to Selection（赋材质于选择对象） ▓ ，将材质添加到地板上。再单击材质编辑器中的Show Map in Viewport（在视图中显示贴图） ▓ ，使材质在视图中的地板上显示出来。至此可以关闭材质编辑器了。

添加材质后Perspective视图中的墙面、侧墙面、地板及窗帘模型如图14-26所示。墙面及侧墙面的白色并没有显示出来，加上灯光后就可以显示出来了。

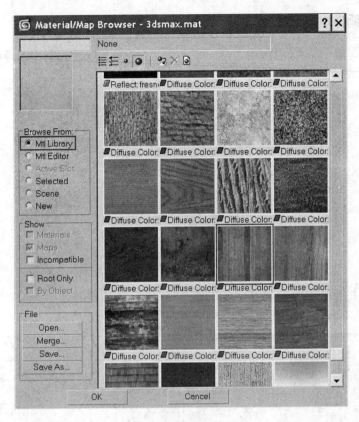

图14-25　材质浏览器

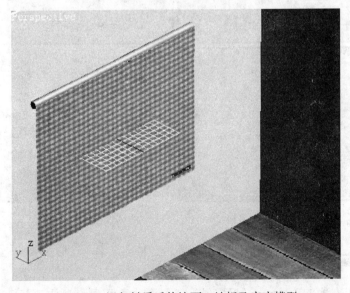

图14-26　添加材质后的墙面、地板及窗帘模型

14.7 给场景添加灯光

单击创建 ，选中Lights（灯光） ，在对象类型 Object Type 卷帘窗中选择Omni（泛光灯），如图14-27所示。

图14-27 Create （创建）泛光灯的命令面板

在Top视图中用鼠标单击建立一只泛光灯，用选择和移动工具 将其位置坐标调整为 X 20.0 Y -500.0 Z 50.0 。加上泛光灯的场景如图14-28所示。

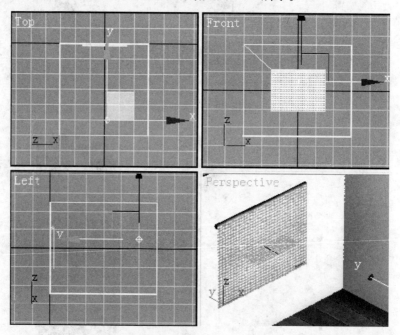

图14-28 加上泛光灯的场景

14.8 应用反应器制作窗帘随风飘动的动画

1) 在Top视图左侧的Reactor（反应器）工具条中，用鼠标单击选择Create Rigid Body Collection（创建刚体集）图标 ，如图14-29所示。

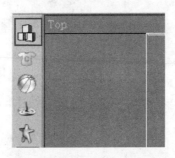

图14-29　Reactor工具条中的Create Rigid Body Collection（创建刚体集）

在反应器对象类型卷帘窗中使用默认的刚体集 RBCollection ，在Perspective视图中的任何位置单击，在视图中添加了一个刚体集，如图14-30所示。

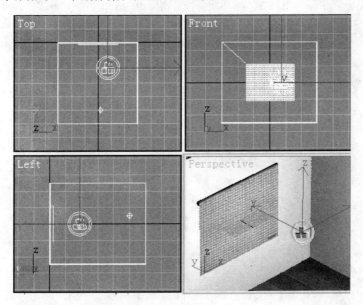

图14-30　刚体集在场景中显示的图标

2) 在刚体集特性 - RB Collection Properties 卷帘窗中，单击如图14-31所示的Add（添加）按钮。

单击Add按钮后，出现选择刚体对话框。选择除了窗帘以外的对象，单击Select按钮，如图14-32所示。所谓刚体，是指不变形的物体。在本实例中，窗帘是一个变形物体，而其他的都是不变形的物体。添加到刚体集中的物体就成为了不变形的物体了，它们将不会受到各种力场的作用而发生变形。因此，在本实例中，将除窗帘以外的所有物体均添加到刚体集中。

选择刚体后，则在刚体特性 - RB Collection Properties 卷帘窗中出现了选择的刚体，如图14-33所示。

3) 在Front视图中选中窗帘，在编辑面板 下，在编辑器列表 Modifier List 下拉列表中为窗帘添加Reactor Cloth（反应器布料）编辑器，如图14-34所示。

图14-31　刚体集特性卷帘窗中的Add按钮

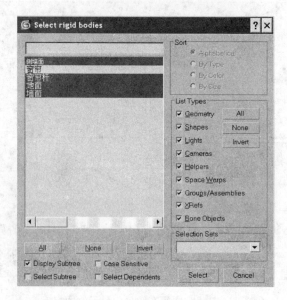

图14-32　选择刚体对话框

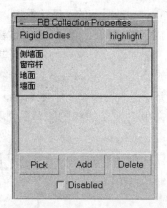

图14-33　刚体集特性卷帘窗中显示的刚体

图14-34　窗帘添加Reactor Cloth编辑器后的编辑堆栈

在反应器布料特性 Properties 卷帘窗中将Mass（质量）的值设置为8.0，并选中避免自身干涉选项 ☑ Avoid Self-Intersections ，如图14-35所示。

4) 在编辑堆栈中单击反应器布料 reactor Cloth 左侧的加号"+"，展开反应器布料的下一级子对象，并选中Vertex（顶点）子层级，如图14-36所示。

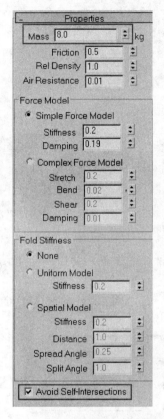

图14-35 反应器布料特性参数的设置

图14-36 反应器布料顶点子层级

在主工具条上单击选择工具 ，在Front视图中，拖动鼠标框选窗帘最上面的一行顶点，如图14-37所示。

在约束 Constraints 卷帘窗中，单击固定顶点 Fix Vertices ，如图14-38所示。

单击固定顶点后，则选中的一行顶点变为橘黄色，表示该行顶点变为固定不动的了。

再次单击图14-36所示中的Vertex退出顶点子层级。

5) 选中窗帘，在Reactor（反应器）工具条中，用鼠标单击Create Cloth Collection（创建布料集） 图标，如图14-39所示。

在布料集特性 Properties 卷帘窗中，窗帘添加到了布料集特性卷帘窗中，如图14-40所示。

添加布料集编辑器后，场景中的窗帘上自动添加了布料集图标，如图14-41所示。

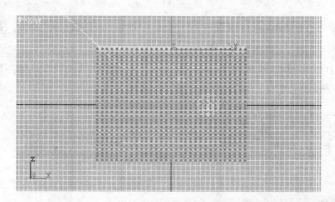

图14-37　选中最上面的一行顶点

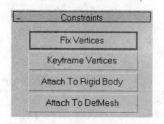

图14-38　约束卷帘窗中的固
定顶点选择框

图14-39　反应器工具条中的
Create Cloth Collection图标

图14-40　布料集特性卷帘窗

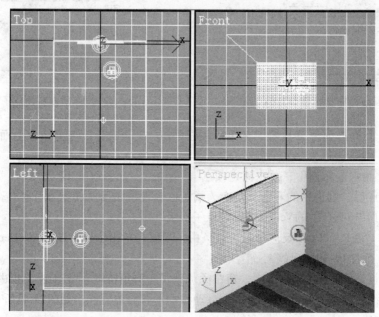

图14-41　添加布料集后场景中窗帘上显示的布料集图标

6) 在Reactor（反应器）工具条中，用鼠标单击Create Wind（创建风力场） 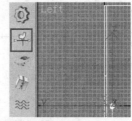 图标，如图14-42所示。

在Left视图中，用鼠标单击创建风力场，用选择和移动工具 ⊕ ，将风力场移动到位置 ⊞ X 0.0　Y 100.0　Z 0.0 ，如图14-43所示。

在编辑面板的风力场特性 Properties 卷帘窗中，将风速 Wind Speed 设置为90.0，选中应用于 Applies to 的所有选项，如图14-44所示。

图14-42　反应器工具条中的Create Wind图标

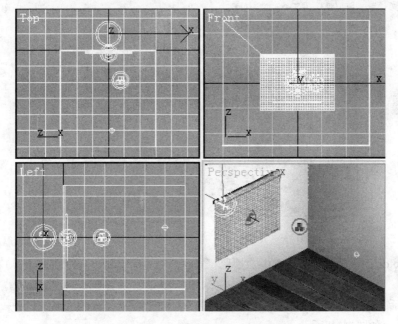

图14-43　风力场在场景中的位置

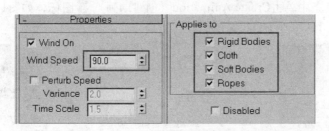

图14-44　风力场特性卷帘窗中的参数设置

7) 在Reactor（反应器）工具条中，用鼠标单击Preview Animation（预览动画） 🖸 图标，如图14-45所示。

单击预览动画后可以看到窗帘动画的一帧，如图14-46所示，然后按键盘上的P键（注意应退出中文输入法），就可以观看窗帘动画的预览效果了。

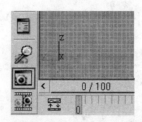

图14-45　反应器工具条中的Preview Animation图标

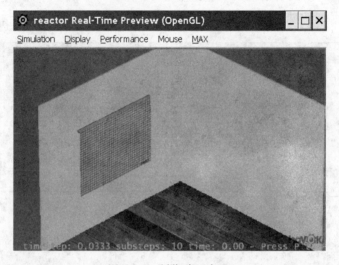

图14-46　预览动画窗口

8）在Reactor（反应器）工具条中，用鼠标单击Property Editor（特性编辑器）▣图标，如图14-47所示。

单击▣后出现刚体集对话框，在仿真几何体 Simulation Geometry 卷帘窗中，选中凹网格 Concave Mesh ，如图14-48所示。

9）在反应器工具条中单击Create Animation（创建动画）▣图标，如图14-49所示。

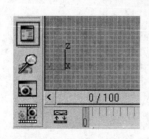

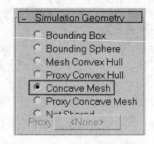

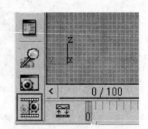

图14-47　反应器工具条中的　　图14-48　仿真几何体卷帘窗　　图14-49　反应器工具条中的
　　Property Editor图标　　　　　中的凹网格选项　　　　　　Create Animation图标

经过一段时间的计算，就完成了窗帘动画的制作，按动画播放键 ▣ 可以在视图中观看动画效果。也可以渲染成动画视频，用普通的播放器播放。

图14-50是渲染的窗帘动画视频的两帧截图，从中可以看出窗帘随风飘动的不同位置。本书配套光盘中有本实例的渲染视频，读者可以用流行的媒体播放器观看。

a) 窗帘动画帧1   b) 窗帘动画帧2

图14-50　窗帘动画截图

14.9　小结

窗帘动画是一个相对较为复杂的实例，它使用了Create Rigid Body Collection（创建刚体集） 🔧 、反应器布料 👤 ⊞ reactor Cloth 、Create Cloth Collection（创建布料集） 🔲 、Create Wind（创建风力场） 🔩 和Create Animation（创建动画） 🔲 等工具实现了窗帘随风飘动的动画效果。

在建模的过程中，应注意作为窗帘的平板（Plane）应离开窗帘杆一定的距离，否则在动画预览或创建动画时会出现干涉的情况。在创建动画前应先进行动画预览，以便检查是否出现干涉的情况。如果出现，应进行必要的调整。动画预览正常后，再进行创建动画。

动画的效果将会受到Mass（布料质量）和Wind Speed（风速）的极大影响，因此，应注意合理调整这两项的参数值。

习题14

1. 什么是Boolean（布尔运算）？有几种方式的布尔运算？
2. 在布尔运算的操作过程中，操作数选择的顺序对运算结果有什么影响？
3. 当将一种材质添加到了一个对象上，如何将材质从该对象上删除？
4. Rigid Body Collection（刚体集）的作用是什么？
5. Reactor Cloth（反应器布料）编辑器的作用是什么？
6. Create Wind（创建风力场） 🔩 时应注意什么？
7. Preview Animation（预览动画）的功能是什么？

8. 如何设置Mass（布料质量）？

9. 如何设置Wind Speed（风速）？

10. 设计与制作如图14-51所示的烟花动画。

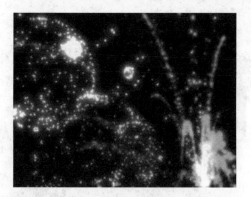 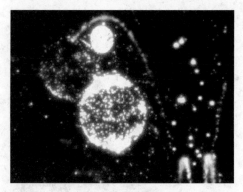

a) 烟花动画帧1　　　　　　　　　　　　　　b) 烟花动画帧2

图14-51　烟花如画

11. 设计与制作如图14-52所示的文字轨迹动画。

a) 文字轨迹动画帧1　　　　　　　　　　　　b) 文字轨迹动画帧2

图14-52　文字轨迹动画

第15章　闪光的台灯

本章学习内容

- 圆柱体（Cylinder）
- 比例均匀缩放（Scale and Uniform Scale）
- 弯曲（Bend）编辑器
- 壳（Shell）编辑器
- Shift移动复制
- 附加 `Attach`
- 对齐（Align）
- 平板（Plane）
- 混合（Blend）材质
- 转向同级（Go Forward to Sibling）
- 返回到上一级
- 噪音控制器（Noise Controller）参数变化动画
- 噪音控制器参数的复制与粘贴
- 图形编辑器（Graph Editors）
- 体积灯光（Volume Light）
- 渲染场景对话框（Render Scene Dialog）

15.1　创建台灯底座

1）单击Create（创建） ，选中Geometry（几何体） ，选中Cylinder（圆柱体）。

2）在Top视图中创建圆柱体并命名为底座。在Modify（编辑） 的Parameters（参数）卷帘窗中，将Radius（半径）设置为30.0，Height（高度）设置为5.0，Sides（边）设置为36，如图15-1所示。

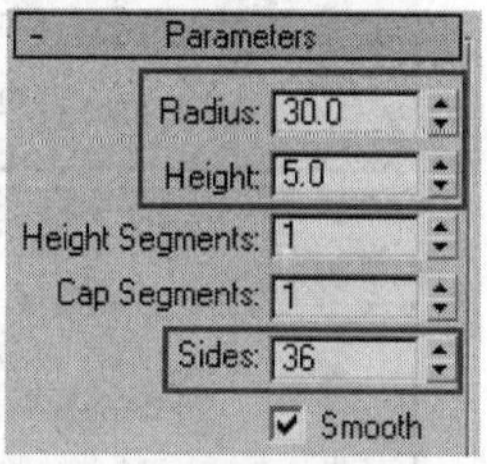

3）在位置坐标框 中把X坐标设置为50.0，Y和Z坐标都设置为0.0，使底座在X轴上移动50个单位。此时底座在场景中的位置如图15-2所示。

图15-1　圆柱体的Parameters（参数)设置

4）将底座变化为椭圆形。单击Scale and uniform scale（比例均匀缩放） ，在Top视图中将鼠标放在X坐标轴上拖动，或者在 上用鼠标右键单击，在出现的Scale Transform Type-In（比例变换键入）对话框中（如图15-3所示），将Absolute：Local
（绝对：局部）组的X值设置为合适的值，使其缩放为合适的椭圆形底座。

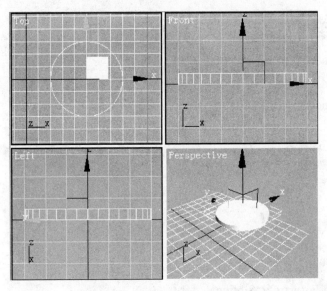

图15-2　底座在场景中的位置

在本实例中，把X值设置为160.0，即在X轴的方向上放
大为原来的160%。放大后的效果如图15-4所示。

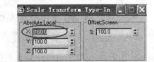

图15-3　底座的缩放比例设置

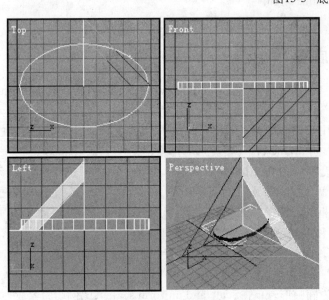

图15-4　比例变换后的椭圆底座

15.2 创建台灯灯杆

1）在台灯底座的右侧创建一个圆柱体。单击Create 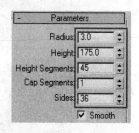，
选中Geometry，单击Cylinder，在Top视图中创建一个圆柱
体。圆柱体的参数设置如图15-5所示。把该圆柱体命名为灯杆。
为了将灯杆弯曲，需要将灯杆圆柱体的Height Segments（高
度分段数）设置为45或者更大。

将灯杆的位置移动到 X 80.0 Y 0.0 Z 0.0 。所创建的
台灯灯杆圆柱体如图15-6所示。

图15-5 灯杆圆柱体的参数设置

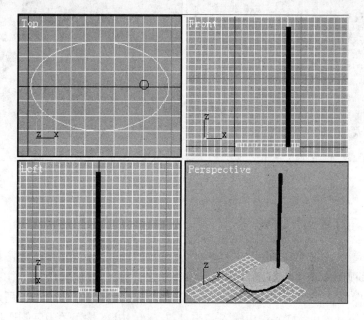

图15-6 灯杆圆柱体在场景中的位置

2）在Top视图中选中灯杆，在编辑的编辑器列表 Modifier List 下拉列表中，选择
Bend（弯曲）编辑器，在其Parameters（参数）卷帘窗中设置弯曲的角度和方向，如图15-7所示。

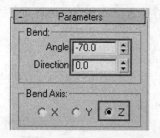

图15-7 灯杆Bend（弯曲）参数的设置

经弯曲的台灯灯杆如图15-8所示。

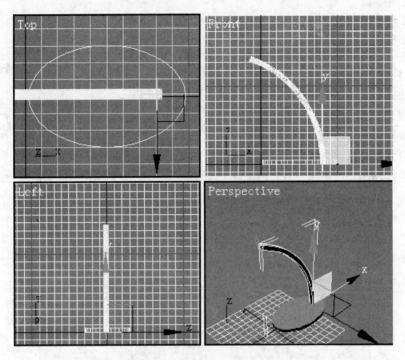

图15-8 弯曲后的台灯灯杆

15.3 创建台灯灯罩

1) 单击Create <span></span>，选中Geometry <span></span>，单击Cylinder，在Top视图中创建圆柱体，并命名为大灯罩。在Front视图中选中大灯罩，用选择和移动工具 <span></span>，按住Shift键，往上拖动大灯罩一段距离后松开鼠标，这时出现Clone Options（复制选项）对话框，如图15-9所示。使用默认的Copy（复制），在Name（名称）框中输入"小灯罩"，单击OK按钮关闭复制选项对话框。

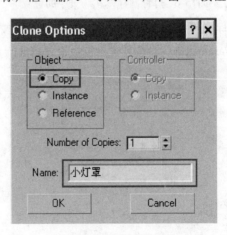

图15-9 复制选项对话框

在Parameters（参数）卷帘窗中依次设置大灯罩和小灯罩的参数，使其符合所建台灯底座和台灯灯杆的尺寸比例，如图15-10和图15-11所示。

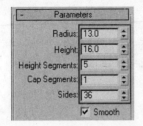

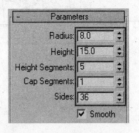

图15-10　大灯罩的尺寸设置　　　　　图15-11　小灯罩的尺寸设置

然后调整两个灯罩的位置，将大灯罩的位置移动到 X:-15.0　Y:0.0　Z:0.0 ，小灯罩的位置移动到 X:-15.0　Y:0.0　Z:16.0 。

设置好了大灯罩和小灯罩的参数后的台灯模型如图15-12所示。

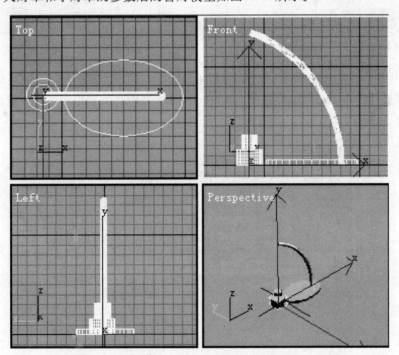

图15-12　底座、灯杆和灯罩模型

2) 在Top视图中，用Select（选择） 或Select by Name（据名选择） 工具选中大灯罩，右键单击，在出现的选择框中，选择转换为Editable Polygon（可编辑的多边形）如图15-13所示。

这时大灯罩的Modifier Stack（编辑堆栈）如图15-14所示。

3) 在编辑堆栈中单击 Editable Poly 中的加号"+"，展开Editable Poly（可编辑多边形）的下一级子对象，并选中Polygon（多边形）子层级，如图15-15所示。

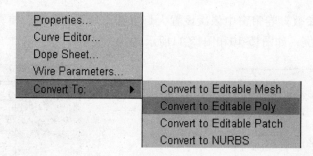

图15-13 鼠标右键选择框

图15-14 大灯罩的编辑堆栈

图15-15 大灯罩编辑堆栈的多边形子层级

4) 在Top视图中，在视图名称Top上用鼠标右键单击，出现右键选择框，选择Views（视图）中的Bottom（底视图），此时Top视图变为Bottom视图。在Bottom视图中，选中大灯罩底面的多边形，如图15-16所示。

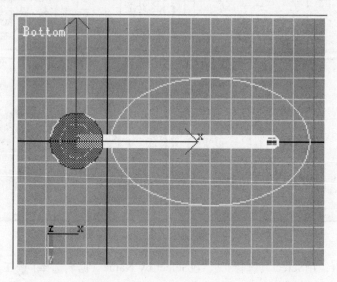

图15-16 选中大灯罩底面的多边形

按键盘上的Delete键将大灯罩底面的多边形删除，删除底面多边形的大灯罩变为不完整的了。再对大灯罩增加Shell（壳）编辑器，如图15-17所示。

增加Shell（壳）编辑器后的大灯罩变为了具有壁厚的灯罩，如图15-18所示。

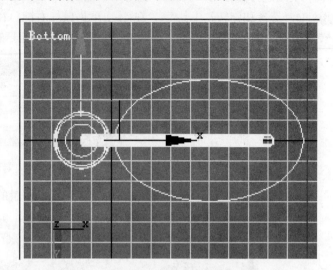

图15-17　对大灯罩增加Shell（壳）编辑器　　　　图15-18　增加Shell（壳）编辑器后的大灯罩

Shell（壳）编辑器壁厚参数的设置如图15-19所示。其中的Inner Amount（向内数值）是壁厚向里变厚的数值，而Outer Amount（向外数值）是壁厚向外变厚的数值。

5）为了将大灯罩与小灯罩连接在一起，首先选中大灯罩，在编辑器堆栈中选择可编辑的多边形 Editable Poly，在编辑几何体 Edit Geometry 卷帘窗中，单击附加 Attach，再选中小灯罩，即可把大灯罩与小灯罩连接在一起了。也可以单击附加 Attach 右侧的附加列表 ，此时出现对话框，如图15-20所示。在列表中选择小灯罩，单击Attach（附加）即可将大灯罩与小灯罩连接在一起了。

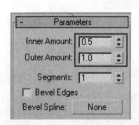

图15-19　Shell（壳）编辑器壁厚参数的设置　　　　图15-20　Attach List（附加列表）对话框

6）用选择和移动工具 ✛，把灯罩移动到 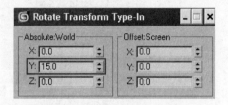 的位置。再用Select and Rotate（选择和旋转）工具 ↻，在 ↻ 上单击鼠标右键，在出现的Rotate Transform Type-In（旋转变换键入）对话框中设置Absolute:World（绝对坐标）的Y轴角度为15.0°，如图15-21所示。

图15-21　旋转变换键入对话框

移动和旋转灯罩后的台灯模型如图15-22所示，这时的模型已具有台灯的形状了。

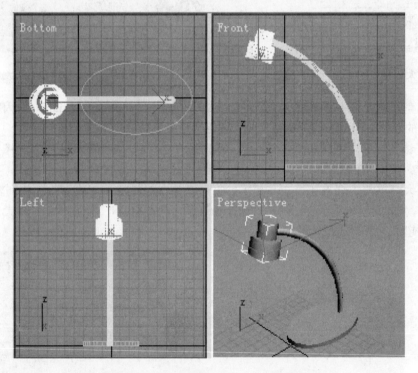

图15-22　移动和旋转灯罩后的台灯模型

15.4　创建台灯灯泡

单击Create ⌖，选中Geometry ◉，选中Sphere（球体），在Top视图中创建球体作为灯泡并命名为灯泡，灯泡的Radius（半径）设置为9。在Tools（工具）菜单中选择Align（对齐），或在主工具条中选择对齐 ◈，接着选择大灯罩，在出现的Align Selection（对齐选择）对话框中设置参数，如图15-23所示。

经对齐灯泡后的台灯模型如图15-24所示。至此台灯模型已创建完成，下一步将为灯泡添加材质，以便产生发光的效果。

图15-23　对齐对话框的参数设置

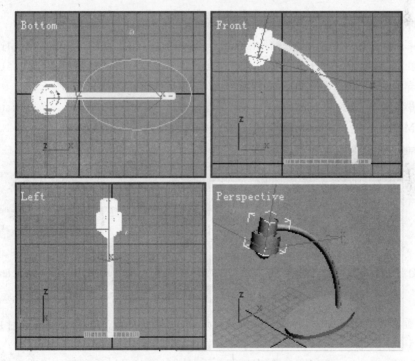

图15-24　创建灯泡后的台灯模型

15.5　创建一块放置台灯的平板

在Top视图中创建一块Plane（平板）作为放置台灯的平台，其尺寸可以任意设定，但应使其足够大以便台灯发光时能照到平台上，其颜色也可以任意设定，以中色调为宜。台灯放置在平台上的渲染效果如图15-25所示。

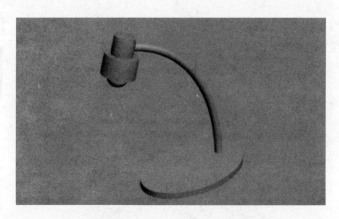

图15-25　台灯模型渲染效果图

15.6　创建灯泡的材质

1）选中灯泡，按快捷键M，或在主工具条中单击Material Editor（材质编辑器）![icon]，在弹出的材质编辑器中任选一个样本球，单击标准 Standard 按钮，在出现的对话框中选择混合材质 ● Blend ，单击OK按钮，在出现的Replace Material（替换材质）对话框中，选择Discard old material（放弃原有材质）。单击OK按钮关闭替换材质对话框，如图15-26所示。

2）在材质编辑器的Blend Basic Parameters（混合基本参数）卷帘窗中，单击Material 1（材质1）右侧的Material #1 （Standard）[1号材质（标准）]，如图15-27所示。

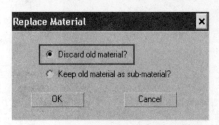

图15-26　替换材质对话框

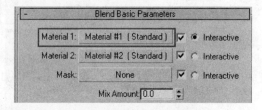

图15-27　Blend Basic Parameters
（混合基本参数）卷帘窗

在1号材质参数编辑框中，将Material 1（材质1）命名为Dim，Diffuse（漫散射）颜色改为黑色，如图15-28所示。

3）单击Go Forward to Sibling（转向同级）![icon]按钮转到2号材质参数编辑选择框，将材质2重命名为Lit，漫散射颜色改为白色，并选择Self-Illumination（自发光），将其改为白色，如图15-29所示。

4）单击返回到上一级 ![icon]按钮，返回到混合材质基本参数编辑框，如图15-30所示。

混合材质基本参数卷帘窗中的Mix Amount（混合数量）决定了两种颜色的混合比，调整Mix Amount（混合数量）的值可以使发光物产生明亮变化。

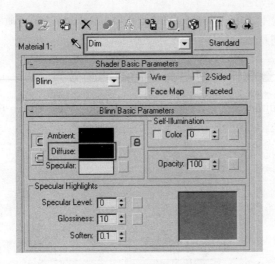

图15-28 1号材质的参数设置

图15-29 2号材质的参数设置

图15-30 混合材质基本参数卷帘窗

在灯泡被选择的前提下，单击Assign Material to Selection（赋材质于选择对象）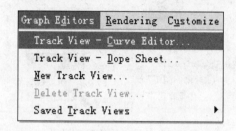将材质添加到灯泡上，然后关闭材质编辑器。

15.7 用材质混合数量制作灯泡明亮变化的动画效果

1) 在菜单的Graph Editors（图形编辑器）中选择Track View-Curve Editor，（轨道视图-曲线编辑器），如图15-31所示。

图15-31 Graph Editors（图形编辑器）菜单

在打开的如图15-32所示的曲线编辑器左侧窗口中，找到Medit Materials（编辑材质）。

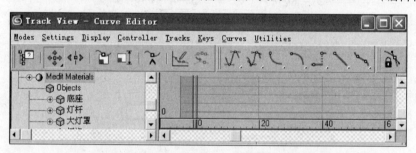

图15-32 Curve Editor（曲线编辑器）

单击编辑材质 左侧的 ，展开编辑材质的下一级对象，找到Blend（混合材质）的MixAmount（混合数量）。如图15-33所示。

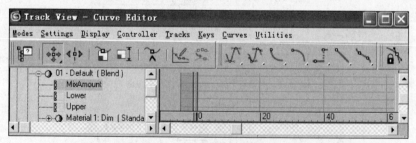

图15-33 Curve Editor（曲线编辑器）中的混合材质混合数量

在图15-33所示的曲线编辑器中，选中混合数量 MixAmount，用鼠标右键单击，在出现的对话框中，选择Assign Controller（赋值控制器），则弹出Assign Float Controller（赋值漂浮控制器）对话框，如图15-34所示。在该对话框中选定Noise Float（噪声漂浮），单击OK按钮，则混合材质的混合数量添加上了噪声漂浮控制器。

图15-34　Assign Float Controller（赋值漂浮控制器）对话框

加上噪声控制器后混合材质的混合数量在曲线编辑器中的显示如图15-35所示。

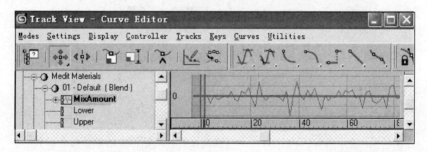

图15-35　混合材质混合数量加上噪声控制器后在Curve Editor（曲线编辑器）中的显示

先单击混合数量 MixAmount，再用鼠标右键单击，在出现的右键单击选择框中选择Property（特性），弹出Noise Control（噪声控制器）对话框。在该对话框中改变Strength（强度）值为600，如图15-36所示。

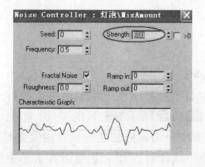

图15-36　Noise Control（噪声控制器）对话框

2) 重新打开材质编辑器，在键盘上按快捷键 "/"，或按动画播放键 ▶，这时可以看到材质样本球中的材质出现像灯光一样的闪烁效果。

15.8　给台灯环境添加默认灯光

1) 在Perspective视图中，在视图名称Perspective上右键单击后会出现一个对话框，在最下方选择Configure（设置）会弹出Viewport Configuration（视图设置）对话框，在Rendering Method（渲染方法）面板下的Rendering Options（渲染选项）中选中Default Lights（默认灯光）和2 Lights（2栈灯），如图15-37所示。

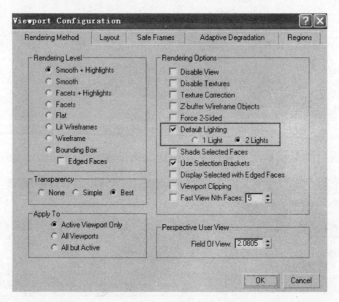

图15-37　Viewport Configuration（视图设置）对话框中的默认灯光设置

2) 在菜单中选择视图 Views ，在下拉菜单中选择Add Default Lights to Scene（添加场景默认灯光），出现Add Default Light（添加默认灯光）对话框，如图15-38所示。选中Add Default Key Light（添加默认关键灯光）和Add Default Fill Light（添加默认填充灯光），然后单击OK按钮关闭对话框。

图15-38　Add Default Light（添加默认灯光）对话框

15.9　给灯泡添加聚光灯

1) 单击Create ，选中Lights ，选择Free Spotlight（自由聚光灯），或者在菜单中单击创建 Create ，在下拉菜单中选择灯光 Lights ，选择标准灯光 Standard Lights 下的自由聚光灯 Free Spotlight 。在Top视图中单击鼠标创建一只自由聚光灯。选中刚创建的自由聚光灯，按快捷键Alt+A，或在主工具条中选择对齐 ，也可以在菜单中选择Align（对齐），然后单击灯泡，或者在主工具条上单击Select by Name（据名选择）![icon]，在出现的对话框中选择灯泡。选择灯泡是为了使聚光灯与灯泡对齐。对齐对话框的设置如图15-39所示。

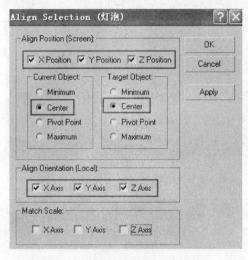

图15-39 聚光灯与灯泡对齐对话框

添加聚光灯并与灯泡对齐后的台灯模型如图15-40所示。

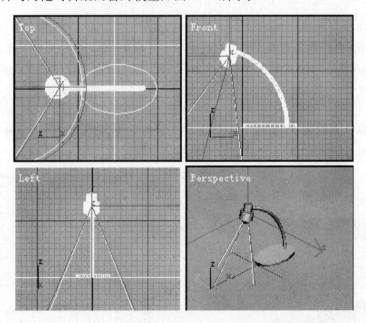

图15-40 聚光灯与灯泡对齐后的台灯模型

加上聚光灯的台灯模型渲染效果如图15-41所示。

2）在菜单的Graph Editors（图形编辑器）中选择Track View-Curve Editor（轨道视图-曲线编辑器）打开曲线编辑器，在曲线编辑器的左侧窗口单击 ![icon] Medit Materials 的 ![icon] 展开材质编辑的下一级对象，找到Blend（混合材质）的Mix Amount（混合数量），如图15-42所示。

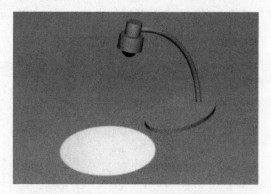

图15-41　聚光灯台灯模型渲染效果图

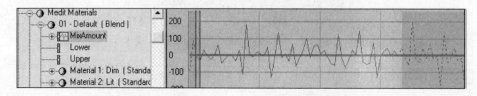

图15-42　混合材质混合数量加上噪声控制器后的Curve Editor（曲线编辑器）

　　先用鼠标单击混合数量 MixAmount ，再用鼠标右键单击，在出现的右键单击选择框中选择Copy（复制）。再在曲线编辑器的左侧窗口找到聚光灯 聚光灯 ，在聚光灯下找到对象（自由聚光） Object (Free Spot) ，选择倍数 Multiplier 。然后单击右键，在出现的右键选择框中，选择粘贴 Paste.. ，在Paste（粘贴）对话框中，选中Instance（实例），如图15-43所示，然后单击OK按钮关闭对话框。

　　在 Multiplier 上单击右键，在右键选择框中选择特性 Properties... ，弹出Noise Controller（噪音控制器）对话框，将Strength（强度）设置为5.0，如图15-44所示。

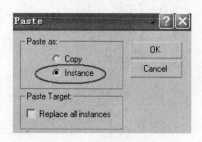

图15-43　粘贴对话框

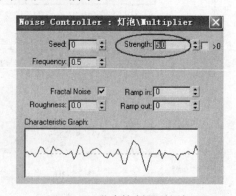

图15-44　噪声控制器对话框

15.10 给台灯加上体积灯光

1）在菜单的Rendering（渲染）菜单中，选择Environment（环境）打开环境与效果设置对话框，在大气 Atmosphere 卷帘窗中单击Add（增加），如图15-45所示。

2）在Add Atmospheric Effect（增加大气效果）对话框中选择Volume Light（体积光），如图15-46所示，单击OK按钮关闭对话框。

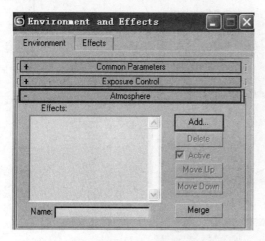

图15-45　环境与效果设置对话框

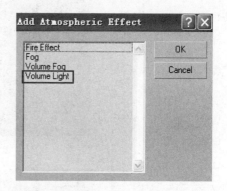

图15-46　增加大气效果对话框

3）在Volume Light Parameters（体积光参数）卷帘窗中单击Pick Light（拾取灯光），再在视图中选择聚光灯，或用Select by Name（据名选择）选择聚光灯，则所选择的聚光灯出现在Remove Light（删除灯光）的右侧，如图15-47所示。

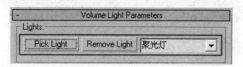

图15-47　Volume Light Parameters（体积光参数）卷帘窗

15.11 渲染台灯发光动画

在主工具条中单击Render Scene Dialog（渲染场景对话框） 🖼，在渲染场景对话框的Common Parameters（公共参数）卷帘窗中，默认的渲染是Single（单张）渲染。若要输出动画，可选择Range（范围）并指定输出的范围，然后将鼠标放在对话框中的空白处，当鼠标变成手形时，往上拖动鼠标直至找到Render Output（渲染输出），如图15-48所示。单击Files（文件）按钮，给出文件名和文件格式。若要直接输出动画，可以选择AVI格式，或者选择其他的图片格式，然后由软件合成动画。其他的设置采用默认的即可，单击Render（渲染）后，则开始渲染动画。

图15-48　渲染输出文件的设置

台灯渲染后发光的效果如图15-49所示。

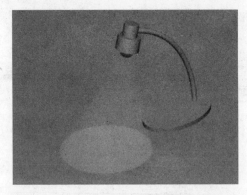

a) 台灯渲染效果图1

b) 台灯渲染效果图2

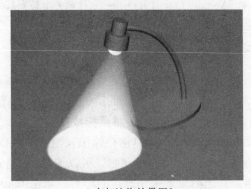

c) 台灯渲染效果图3

图15-49　台灯渲染后的效果截图

15.12   小结

本章的台灯动画使用台灯模型并巧妙地利用了Noise Controller（噪音控制器）参数的变化实现灯泡发光的变化。实际台灯灯泡的发光并不闪烁，本实例只是利用该模型作为教学示范。利用该实例的技术，读者可以制作其他类似发光的实例，如海上信号灯的闪烁发光效果等。

本实例的建模工作并不复杂，但所用到的Align（对齐）功能需要很好地掌握，对齐对话框中的各个参数也需要很好地理解，才能达到所要求的对齐效果。

本实例中使用了Graph Editors（图形编辑器）中的曲线编辑器。曲线编辑器中包含的参数很多，实现的功能也很强，因此，需要读者很好地去理解与掌握。本实例中使用的Volume Light（体积灯光），结合效果的设置，可以产生很好的渲染效果，需要读者在使用中不断地去体验才能掌握。

习题15

1. Shell（壳）编辑器的功能是什么？
2. 如何进行Align（对齐）操作？
3. 什么是Default Lights（默认灯光）？
4. 本实例中为什么要给灯泡加混合材质？
5. Curve Editor（曲线编辑器）的功能是什么？
6. Noise Float（噪声漂浮）控制器的作用是什么？
7. Volume Light（体积灯光）包含哪些参数？
8. 设计与制作如图15-50所示的画卷展开动画。

a) 画卷展开动画帧1   b) 画卷展开动画帧2

图15-50   画卷展开动画

9. 设计与制作如图15-51所示的下雪场景动画。

图15-51　下雪场景动画

第16章 海上日出

本章学习内容

- 平板（Plane）
- 体积选择（Vol. Select）编辑器
- 波浪（Wave）编辑器
- 噪声（Noise）编辑器
- 时间设置（Time Configuration）
- 自动关键帧动画 Auto Key
- 光线跟踪 Raytrace 材质
- 凹凸Bump贴图
- 烟雾 Smoke 材质
- 锁定颜色（Lock Color）
- 照相机
- 泛光灯（Omni）
- 材质动画
- 灯光动画
- 视频后处理（Video Post）
- 添加场景事件（Add Scene Event）
- 添加图像过滤事件（Add Image Filter Event）
- 透镜效果发光（Lens Effects Flare）
- 添加输出事件（Add Image Output Event）
- 视频输出

16.1 用平板建立大海背景

1) 单击Create，选中Geometry，在对象类型 Object Type 中选择
Plane（平板），如图16-1所示。

在Top视图中创建一个平板并命名为"海平面"，在Modify（编辑）的
Parameters（参数）卷帘窗中，设置海平面的参数，如图16-1所示。

选中海平面，在主工具条中单击Select and Move（选择和移动）工具，
在底部的位置坐标框中 X 0.0 Y 0.0 Z 0.0 把X、Y和Z的坐标值都设置
为0.0。使海平面定位于坐标系的中心。此时海平面在视图中的模型如图16-2
所示。

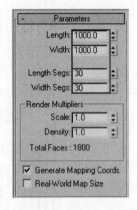

图16-1　海平面的参数设置

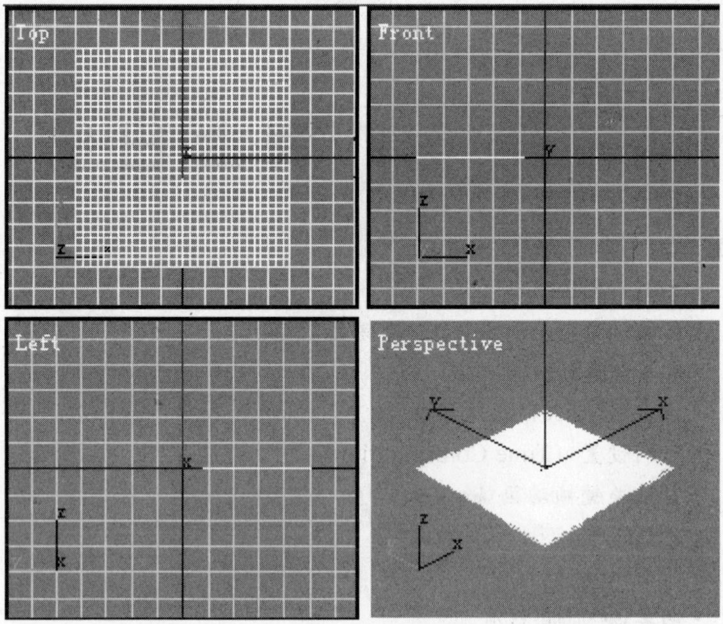

图16-2　海平面模型在场景中的示意图

2) 选中海平面，在Modify面板 下的编辑器列表 Modifier List 中，点击向下箭头选择体积选择 Vol. Select 为海平面添加体积选择编辑器。添加体积选择后的海平面编辑堆栈如图16-3所示。

在体积选择参数卷帘窗中，在堆栈选择层次 Stack Selection Level 组中选择Vertex（顶点），如图16-4所示。

图16-3　海平面编辑堆栈中的
Vol. Select编辑器

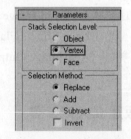

图16-4　体积选择参数卷帘窗中的
Stack Selection Level选项组

在选择方式 Select By 下的表面特征 Surface Features 中，选择纹理贴图 Texture Map ，如图16-5所示。

在表面特征组中单击 None ，出现材质贴图浏览器（Material/Map Browser），选择Noise，然后单击OK按钮关闭材质贴图浏览器。

3) 选中海平面，在Modify面板 下的编辑器列表 Modifier List 中，点击下箭头选择 Wave 为海平面添加波浪编辑器。添加波浪编辑器后的海平面编辑堆栈如图16-6所示。

图16-5　体积选择参数卷帘窗中的Select By选项组　　图16-6　海平面编辑堆栈中的Wave编辑器

在Wave的Modify　Parameters（参数）卷帘窗中，设置海平面的Wave参数，如图16-7所示。

4) 单击视图右下方的动画控制区的Time Configuration（时间设置）　，如图16-8所示。

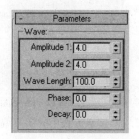

图16-7　Wave参数的设置　　　　　图16-8　动画控制区的Time Configuration图标

单击后出现Time Configuration（时间设置）对话框，将End Time（结束时间）设置为200，然后单击OK按钮关闭Time Configuration（时间设置）对话框，如图16-9所示。

5) 单击动画控制区的Go To End（到最后），如图16-10所示。

这时的时间滑块移动到了200帧 < 　 200 / 200 　 > 处，打开动画控制区的自动关键帧动画按钮 Auto Key ，在Wave编辑器的参数卷帘窗中，将Phase（相位）设置为4.0，如图16-11所示。相位设置完成后单击 Auto Key 关闭关键帧动画。

6) 选中海平面，在Modify面板　下，在编辑器列表 Modifier List 下拉列表中选择 Noise 为海平面添加噪声编辑器。添加噪声编辑器后的海平面编辑堆栈如图16-12所示。

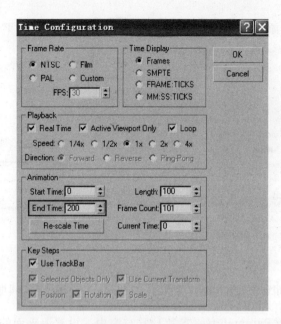

图16-9 Time Configuration（时间设置）对话框

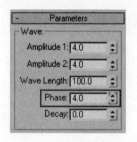

图16-10 动画控制区的　　　　　图16-11 Wave编辑器的　　　　图16-12 海平面编辑堆
　　　　Go To End图标　　　　　　　Phase数值设置　　　　　　　栈中的噪声编辑器

单击 Auto Key 打开关键帧动画，在Noise的参数 Parameters 卷帘窗中，将Strength（强度）组中的Y值设置为10.0，在Animation（动画）组中选中 Animate Noise ，如图16-13所示。

需要特别注意的是图16-11和图16-13中在参数后的上下按钮 ⬍ 上有一个红色的框，表示该参数是动画中发生变化的参数。在自动动画状态下修改参数，则参数就在动画中发生变化，并以红色的框表示。

添加Vol. Select（体积选择）、Wave（波浪）和Noise（噪声）编辑器后的海平面在视图中的效果如图16-14所示。

单击自动关键帧动画按钮 Auto Key 关闭自动关键帧动画。

7）在键盘上按M键，或者用鼠标单击主工具条上的Material Editor（材质编辑器）⚏ 打开材质编辑器，选择材质编辑器的第一个样本球，并将该材质命名为海平面。在Blinn基本参数 Blinn Basic Parameters 卷帘窗中，在反射高光 Specular Highlights 组中，将高光水平 Specular Level: 设置为215，光泽度 Glossiness 设置为75，如图16-15所示。

图16-13 Noise参数卷帘窗中的Strength（强度）和Animation（动画）组

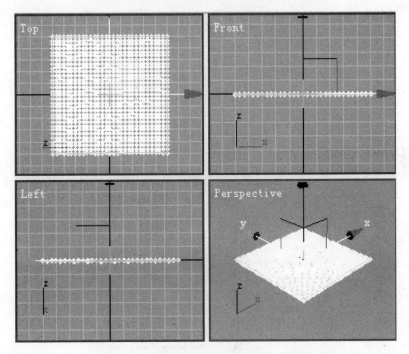

图16-14 添加编辑器后的海平面模型

用鼠标单击Lock Color（锁定颜色）按钮 c ，将环境光和漫散射光解除锁定，如图16-16所示。

单击环境光 Ambient: 后的颜色选择框 ▭ ，在弹出的颜色选择器中将颜色设置为黑色（R=0，G=0，B=0）。

单击漫散射光 Diffuse: 后的颜色选择框 ▭ ，将其颜色设置为灰色（R=169，G=169，B=169）。

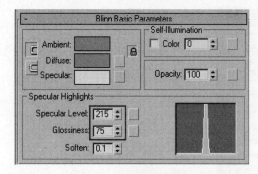

图16-15 材质参数的设置   图16-16 环境光和漫散射光解除锁定开关

此时Blinn基本参数 Blinn Basic Parameters 卷帘窗中的参数如图16-17所示。

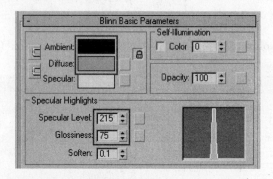

图16-17 Blinn基本参数卷帘窗的设置

8) 展开材质贴图 Maps 卷帘窗，如图16-18所示。

Maps		
	Amount	Map
Ambient Color	100	None
Diffuse Color	100	None
Specular Color	100	None
Specular Level	100	None
Glossiness	100	None
Self-Illumination	100	None
Opacity	100	None
Filter Color	100	None
Bump	30	None
Reflection	100	None
Refraction	100	None
Displacement	100	None

图16-18 材质Maps（贴图）卷帘窗

单击 Diffuse Color 后的 None 按钮，在弹出的Material/Map Browser（材质贴图浏览器）中，选择光线跟踪 Raytrace，保持默认参数不变，单击OK按钮。

单击返回上一级 🔙，单击凹凸 Bump 后的 None 按钮，在弹出的材质贴图浏览器中，选择烟雾 Smoke，单击OK按钮。在材质的烟雾参数 Smoke Parameters 卷帘窗中，设置参数如图16-19所示。

单击窗口右下方的动画控制区的Go To End（到最后），如图16-20所示。

此时时间滑块位于200帧，打开动画控制区的记录关键帧动画按钮 Auto Key，将材质编辑器中的Coordinates（坐标）参数中的Offset（偏移）下的X值设置为10.0，如图16-21所示。

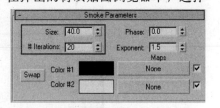

图16-19 烟雾参数的设置

图16-20 动画控制区

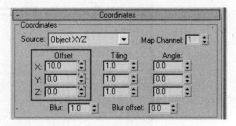

图16-21 材质的坐标参数设置

单击返回上一级 🔙，单击反射 Reflection 后的 None 的按钮，在弹出的材质贴图浏览器中，选择光线跟踪 Raytrace，保持默认参数不变，单击OK按钮。

然后单击材质编辑器中的Assign Material to Selection（赋材质于选择对象），将材质添加到海平面上，关闭材质编辑器和关键帧动画。

16.2 用平板建立天空背景

1) 单击Create，选中Geometry，在 Object Type 卷帘窗中选择Plane。

在Front视图中建立一个平板并命名为天空，在Modify的Parameters卷帘窗中，天空的参数设置，如图16-22所示。

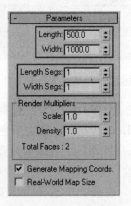

图16-22 天空参数的设置

用选择和移动工具 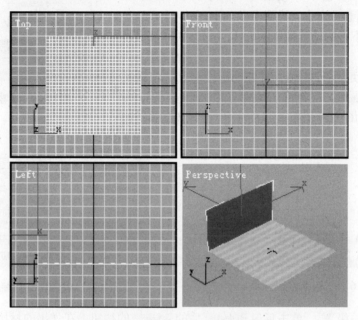 将天空移动到 X 0.0 Y 500.0 Z 250.0 。此时天空在场景中的位置如图16-23所示。

图16-23 天空在场景中的位置

2) 在键盘上按M键，或者用鼠标单击主工具条上的Material Editor 打开材质编辑器。选择材质编辑器中的第二个样本球，将该材质命名为天空。在 Blinn Basic Parameters 卷帘窗中，在反射高光 Specular Highlights 组中，将高光水平 Specular Level 设置为0，光泽度 Glossiness 设置为0，如图16-24所示。

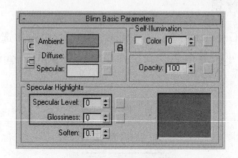

图16-24 材质基本参数卷帘窗

单击环境光 Ambient 或漫散射光 Diffuse: 后的颜色选择框 ，将其颜色设置为白色（R=255，G=255，B=255）。此时的Lock Color（锁定颜色）若为黄色，表示环境光与漫散射光锁定，则只要改变任一个的颜色，另外一个也跟着改变。

3) 展开材质贴图 Maps 卷帘窗，单击漫散射颜色 Diffuse Color 后的 None 按钮，在弹出的Material/Map Browser中双击Bitmap，在弹出的选择位图文件对话框中，找到天空的贴图文件sky.jpg，如图16-25所示，单击"打开"按钮。

图16-25　选择位图文件对话框

将该材质添加到天空上后关闭材质编辑器。

16.3　添加照相机和泛光灯

1) 单击Create ，选中照相机 ，在对象类型 Object Type 卷帘窗中选择目标 Target ，如图16-26所示。

图16-26　Create（创建）照相机的命令面板

在Left视图中创建照相机，并将其位置移动到 X 0.0 Y -390.0 Z 100.0 ，将照相机的目标（Camera01.Target）移动到 X 0.0 Y 370.0 Z 30.0 的位置。照相机在Left视图中的方位如图16-27所示。

激活Perspective视图，在键盘上按C键，将Perspective视图切换成Camera（照相机）视图，如图16-28所示。

2) 单击Create ，选中Lights ，在对象类型 Object Type 卷帘窗中选择Omni（泛光灯），如图16-29所示。

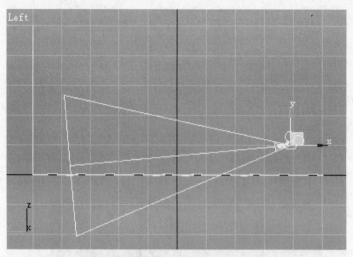

图16-27 照相机在Left视图中的方位

图16-28 Perspective视图中的海平面和天空模型

图16-29 创建Omni（泛光灯）的命令面板

3）在Front视图中创建两盏泛光灯，一盏移动到 ⊞ X 10.0 ÷ Y 400.0 ÷ Z 20.0 的位置，另一盏移动到 ⊞ X -10.0 ÷ Y 400.0 ÷ Z 20.0 的位置。添加泛光灯后的场景Camera视图如图16-30所示。

图16-30　添加泛光灯后的场景Camera视图

4）太阳在升起时，光是由红色逐渐变为白色，光照强度也是由弱变强的。因此，可以通过泛光灯颜色和强度的变化来模拟太阳升起的过程。

先制作太阳升起的动画，同时选中两盏泛光灯，单击动画控制区的Go To End将时间滑块移动到200帧 ◁ 200 / 200 ▷ 处，单击自动动画 Auto Key 打开自动关键帧动画。

在Front视图中将两盏泛光灯沿Z轴向上移动160个单位。移动泛光灯后的Camera视图如图16-31所示。

图16-31　泛光灯移动后的场景Camera视图

将时间滑块滑动到0帧 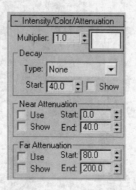，选中模拟太阳的泛光灯Omni01，进入Modify 面板，在强度/颜色/衰减 `- Intensity/Color/Attenuation` 卷帘窗中，单击如图16-32所示位置的颜色设置框，将其颜色设置为R=255、G=156和B=0。

图16-32 Intensity/Color/Attenuation卷帘窗的颜色框

将另一盏泛光灯Omni02的颜色设置为R=255、G=69和B=69。

此时0帧的Camera视图如图16-33所示。

图16-33 0帧处的Camera视图

将时间滑块移动到200帧处，分别选中两盏泛光灯，将其颜色分别设置为白色。然后单击自动动画 `Auto Key` 键关闭自动关键帧动画，并将时间滑块移动到0帧。

16.4 模拟太阳光

1) 单击菜单栏中的Rendering菜单，从中选择Video Post（视频后处理），弹出如图16-34所示的Video Post对话框。

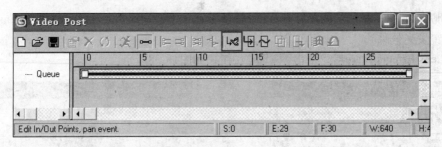

图16-34 Video Post对话框

单击如图16-34所示的Add Scene Event（添加场景事件）按钮 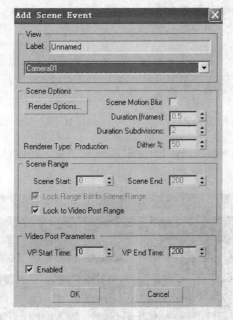，弹出Add Scene Event对话框，如图16-35所示。选中Camera 01视图，单击OK按钮返回到Video Post对话框。

图16-35 Add Scene Event对话框

2) 在Video Post对话框中选择图16-36所示的Add Image Filter Event（添加图像过滤事件）按钮 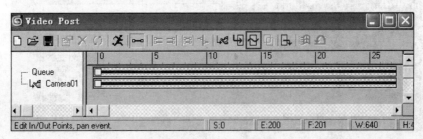。

图16-36 Video Post对话框

在出现的如图16-37所示的Add Image Filter Event对话框中，在下拉框中选择Lens Effects Flare（透镜发光效果）。

选择Lens Effects Flare后，单击 Setup... 按钮，如图16-38所示。

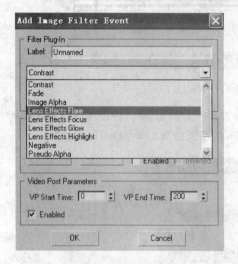 

图16-37　Add Image Filter Event对话框　　　　　图16-38　Add Image Filter Event对话框

3) 单击 Setup... 按钮后，弹出Lens Effects Flare对话框，如图16-39所示。单击对话框中的节点源按钮 Node Sources 。

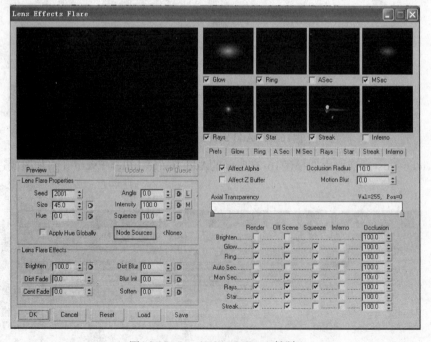

图16-39　Lens Effects Flare对话框

单击 Node Sources 按钮后，出现Select Flare Objects（选择发光对象）对话框，如图16-40所示。在对话框中选择泛光灯Omni01，然后单击OK按钮关闭对话框。

图16-40　Select Flare Objects（选择发光对象）对话框

接着在Lens Effects Flare对话框中单击预览 Preview ，预览的发光效果如图16-41所示。

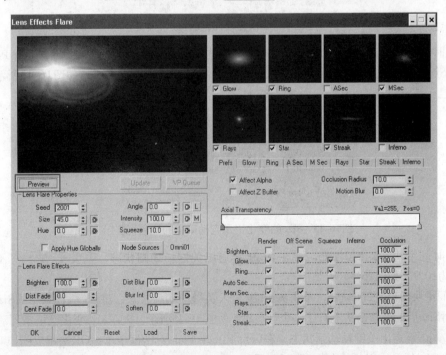

图16-41　发光效果预览

4）在特效项目中除去Streak（条纹）的选择状态，在Lens Flare Properties（凸镜发光性质）组中将Size（尺寸）设置为5.0，此时的发光效果预览如图16-42所示。

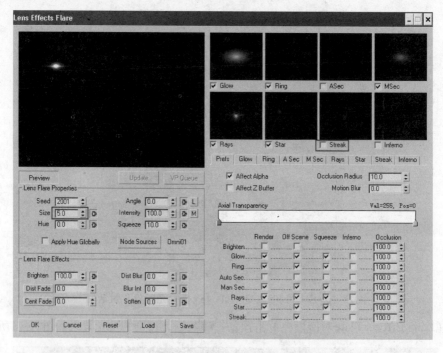

图16-42　Size为5时的发光效果预览

5）将时间滑块滑动到200帧处，单击 Auto Key 进入关键帧动画状态，将Lens Flare Properties项目中的Size设置为20.0，这时Size后的调节箭头上已有了一个红色框，如图16-43所示，表示Size变化已出现在动画中。

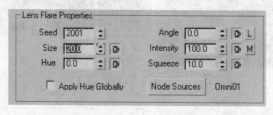

图16-43　Size的变化记录到动画中的红色框表示

6）将时间滑块滑动到0帧处，单击 Auto Key 退出关键帧动画状态，在发光 Glow 标签下将其Size设置为10.0，如图16-44所示。

将时间滑块滑动到200帧处，单击 Auto Key 进入关键帧动画状态，将 Glow 标签下的Size设置为20.0。这时Size后的调节箭头上有了一个红色框，如图16-45所示，表示Size变化已记录到动画中。

单击 Auto Key 退出关键帧动画状态，在Lens Effects Flare对话框中单击OK按钮关闭该对话框。这时的Video Post对话框如图16-46所示。

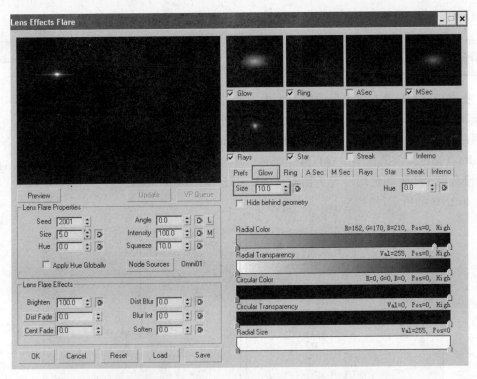

图16-44　Lens Effects Flare对话框中的Glow Size（尺寸）设置

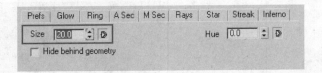

图16-45　Glow的Size变化记录到动画中的红色框表示

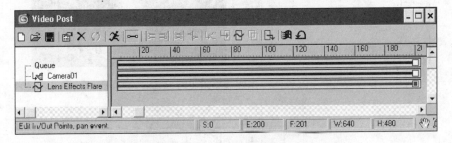

图16-46　添加Lens Effects Flare后的Video Post对话框

单击对话框右上角的 ✕ 按钮关闭Video Post对话框。

16.5　用球体建立太阳

1) 单击Create ，选中Geometry ，在对象类型 Object Type 卷帘窗中选择Sphere。

　　在Left视图中创建一个球休作为太阳，并命名为太阳。将太阳球体的Radius（半径）设置为60.0，如图16-47所示。用选择和移动工具 ✛ 将太阳移动到位置 `⊕ ×0.0  ⇕ Y 430.0  ⇕ Z -80.0 ⇕`，太阳在场景中的位置如图16-48所示。

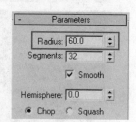

图16-47　太阳半径参数的设置

　　2）在键盘上按M键，或者用鼠标单击主工具条上的 ⠿ 打开材质编辑器，选择材质编辑器的第三个样本球，在 `Blinn Basic Parameters` 卷帘窗中，选中Self-Illumination（自发光）中的Color（颜色）前的选项，将自发光颜色、环境光 `Ambient:` 颜色和漫散射 `Diffuse:` 颜色均设置为橘黄色（R=255，G=190，B=8），如图16-49所示。

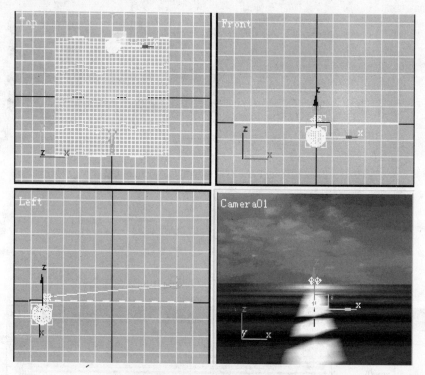

图16-48　太阳在场景中的位置

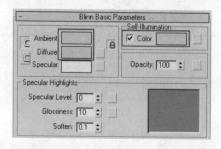

图16-49　太阳颜色参数的设置

单击材质编辑器中的 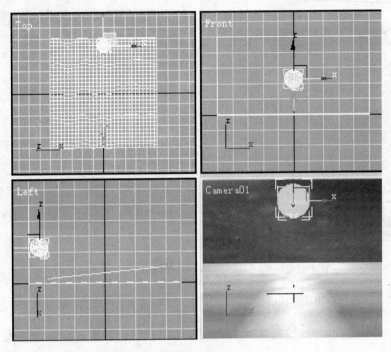，将材质加到太阳上，然后关闭材质编辑器。

3) 将时间滑块拖动到200帧处，单击 Auto Key 进入关键帧动画状态，将太阳沿Z轴向上移动到位置 ◆ X 0.0 Y 430.0 Z 230.0 。太阳升起后在场景中的位置如图16-50所示。

图16-50 太阳升起后在场景中的位置

16.6 导出视频

1) 打开Video Post对话框，单击Add Image Output Event（添加输出事件）按钮，如图16-51所示。

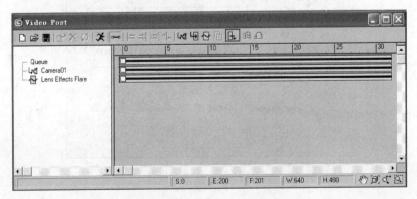

图16-51 Video Post对话框

2) 单击添加输出事件（Add Image Output Event）![button]按钮后弹出如图16-52所示的对话框。

单击图16-52所示的Files按钮后，弹出设置输出文件对话框。选择输出文件的格式为AVI，给出输出的文件名，单击"保存"按钮，如图16-53所示。

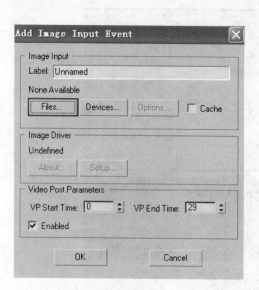

图16-52　添加输出项对话框　　　　　图16-53　输出文件格式的选择与文件名的输入对话框

3) 单击Execute Sequence按钮![icon]后弹出视频输出对话框，单击渲染 Render ，如图16-54所示。

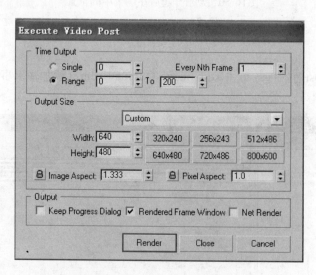

图16-54　渲染动画对话框

4) 渲染输出的动画截图如图16-55所示。

a) 海上日出动画截图帧1

b) 海上日出动画截图帧2

图16-55　海上日出动画截图

16.7　小结

本章的海上日出动画是一个相对比较复杂的动画实例。海平面的模拟使用了Plane添加Vol. Select、Noise和Wave编辑器，并使这些编辑器的参数变化贯穿于动画中，从而模拟出海平面的效果。

天亮的模拟使用了两盏Omni（泛光灯）的灯光颜色变化而实现，并且达到了比较好的效果。

太阳的闪光使用了相对较复杂的视频后处理中的Lens Effects Flare（透镜效果发光）实现，也达到了比较好的效果。其中Lens Effects Flare的设置选项较多，需要读者多练习才能掌握。

本章的海平面材质制作也需要读者认真地学习与掌握，太阳升起时的海平面反射就是利用材质反射参数实现的。

习题16

1. Vol. Select（体积选择）编辑器的作用是什么？
2. Wave（波浪）编辑器的作用是什么？
3. Noise（噪声）编辑器的作用是什么？
4. Bump（材质的凹凸）贴图的作用是什么？
5. Video Post（视频后处理）的功能是什么？
6. 设计与制作如图16-56所示的电视片头文字动画。
7. 设计与制作如图16-57所示的飞行蝴蝶动画。

a) 电视片头文字动画帧1   b) 电视片头文字动画帧2

图16-56　电视片头文字动画

a) 飞行蝴蝶动画帧1   b) 飞行蝴蝶动画帧2

图16-57　飞行蝴蝶动画

数字媒体专业规划教材

Visual C++图形程序设计
ISBN：978-7-111-27014-0
作　者：许志闻 郭晓新 杨瀛涛
定　价：　35.00

用Alice学编程 （原书第2版）
ISBN：978-7-111-27462-9
作　者：Wanda P. Dann□
　　　　 Stephen Cooper□ Randy Pausch
译　者：付永刚
定　价：　39.00

数字媒体基础教程
ISBN：978-7-111-27734-7
作　者：Yue-Ling Wong
译　者：杨若瑜 唐杰 苏丰
定　价：　39.00

数字图像压缩技术实用教程
作者：王新年 张涛
ISBN：978-7-111-27808-5
定价：25.00

好书推荐

作者：李杰
ISBN：7-111-13511-3
定价：68.00

作者：晓欧 张天晓 舒霄
ISBN：7-111-10340-8
定价：59.00

作者：高自强
ISBN：978-7-111-29428-3
定价：69.00

作者：雷波 等
ISBN：978-7-111-29043-8
定价：79.80

作者：雷波 等
ISBN：978-7-111-29092-6
定价：79.00

作者：张立 廖述煜 李奎
ISBN：978-7-111-29093-3
定价：59.80

作者：李克
ISBN：978-7-111-26983-0
定价：55.00